段双福 著

心语寄情

段双福诗集

敦煌文艺出版社

图书在版编目（CIP）数据

心语寄情：段双福诗集 / 段双福著. -- 兰州：敦煌文艺出版社，2022.9
ISBN 978-7-5468-2228-0

Ⅰ．①心… Ⅱ．①段… Ⅲ．①诗集－中国－当代 Ⅳ．①I227

中国国家版本馆CIP数据核字（2023）第126743号

心语寄情：段双福诗集
段双福 著

责任编辑：王 倩
封面设计：孟孜铭

敦煌文艺出版社出版、发行
地址：(730030)兰州市城关区曹家巷1号新闻出版大厦23楼
邮箱：dunhuangwenyi1958@163.com
0931-2131397(编辑部)
0931-2131387(发行部)

甘肃海通印务有限责任公司印刷
开本 880毫米×1230毫米 1/32 印张 5.75 插页 1 字数 110千
2023年10月第 1 版 2023年10月第1次印刷
印数：1~500册

ISBN 978-7-5468-2228-0
定价：39.80元

如发现印装质量问题，影响阅读，请与出版社联系调换。

本书所有内容经作者同意授权，并许可使用。
未经同意，不得以任何形式复制。

自 序

在我四十八岁那年的夏天，有一天我打开电视机，电视里正在播放一档中国古典诗词的授课节目，某教授正在讲王维的诗《终南别业》。当讲到"行到水穷处，坐看云起时"时，我的内心顿时就像有清泉流过一样，我被中国古典诗词的美深深地吸引了。第二天，我就迫不及待地到甘肃省图书馆办了借书证，借了一本《王维集》，一本《苏轼集》，开始阅读。

人生这趟旅程，一路上有山花烂漫，也有泥泽沟坎，有风和日丽，也有狂风暴雨。当我痛苦无助时，是诗词给了我精神上的抚慰；当我对人生充满怀疑、迷茫不知所措时，是诗词给了我振作起来的力量。回顾来时的路，有很多令我感动的事，有许多美丽的风景令我着迷，我想用诗的语言来描述它、记录它。

读中国古典诗词是我最快乐的事，每当我读完一本书，作者的形象就在我的脑海中清晰起来，让我产生了用诗词来描写诗人的冲动。诗词篇幅短小，要描写一个人的一生很难。我便从人物性格特点及其经历的重要事件入手，采用粗线条勾勒出人物的人格形象，重点反映人物的思想及其重要历史贡献。多年来，我写了很多这方面的诗。我每到一地旅游，都会用日记来记录所见所闻，回家后再整理成诗稿。这类诗不少，如《春游官鹅沟》等。

我热爱我的祖国，为祖国所取得的成就而放歌；我热爱祖国的大好河山，为山川美景而放歌；我热爱黄河，热爱家乡，我为家乡而放歌；我热爱中国古典诗词，为古代先贤而放歌。古典诗词是我国传统文化的重要组成部分，我们有义务、有责任传承传统文化。传承古典诗词不能只停留在背诵古人诗句上，而是要学习古典诗词的写作方法和技巧，并以古典诗词的形式来描写我们今天的生活，抒发我们心中的喜怒哀乐。本书中的大部分内容是古体诗和近体诗，这是我对传承中国古典诗词的尝试。

刚开始学习中国古典诗词，我就像望着一座高山，山上有美丽的风景，我却不知从哪里上山。但是，我知道自己深爱这座高山，我一定要看到山上的风景。从此我便开始了跋山涉水的征程，这一走就是三十年。这些年来，通过不断学习，我初步掌握了古典诗词的写作方法，并开始了创作。创作的过程其实就是学习和成长的过程。经过这些年的创作和学习，我的写作水平有了很大提高，我为此感到高兴，想与热爱古典诗词的朋友分享我的快乐、我的收获。所以，我将这些年来所写的

自　序

诗、词、文编辑成集，期待公开出版与读者见面。

　　本书古体诗、近体诗和词，是依照《中华诗词今韵》来用韵的。本书在各单元内是以编年为序。在诗词的注释部分，有些地方参考和沿用了前辈的研究成果，限于篇幅，没有一一注明，在此一并致谢。由于水平有限，错误和疏漏在所难免，敬请读者批评指正。

目 录

退休遐想篇

憧憬退休 / 003
回　首 / 004
黄昏惜 / 004
露台事农 / 005
老　竹 / 006
退休谣 / 006
晚　晴 / 007
春入社区 / 008
深秋荡舟 / 008
自　足 / 009
天　道 / 009
异　感 / 010

游山亲水篇

乘高铁游江浙 / 013
寺　晨 / 013
漓江泛筏 / 014
三峡涛 / 014
西湖初秋 / 015
勇　登 / 015
天目湖漫步兰径 / 016
雨中山寺 / 016
涧溪鹂鸣 / 017
山　行 / 017
山雾出坳 / 018
篙师棹歌 / 018
庐山瀑布 / 019
花港路 / 019

昭陵六骏 / 020
中原行（八首） / 021
云南行（五首） / 027
陇地行（八首） / 031
楚地行（六首） / 035

情系山河篇

峡浪思远 / 041
狂少叩阙 / 041
勇 向 / 042
边 思 / 043
有感第一艘航母服役 / 043
遐 思 / 044
观长江画卷 / 044

情牵谊连篇

康健园诗词会 / 047
观妻运毫 / 048

道 别 / 048
豪 饮 / 049
贺国庆（兼附何君《贺2016年国庆节》） / 049
春 节（附何天翼《贺新春》） / 050
淑 内 / 051
别少卿 / 052
馈友亲 / 052
守空神职——致云稀 / 053
内 贤 / 053
致友人 / 053
毅 公 / 054
兄 弟 / 055
善飞鸟 / 056
致 弟 / 056
吊刘敦 / 058
根 / 059
念徐友 / 059
伯母百岁庆 / 060
致红玉（三首） / 061

目 录

正气如虹篇

再次参观中共一大会址 / 065
江城子 / 065
壮　心 / 066
国考遗思 / 066
调　资 / 067
午　钓 / 068
经天手 / 068
梅岭揖烈 / 069
敬默烈女冢铭 / 070
雷雨天 / 070

诗程怀古篇

苏东坡 / 073
草堂仰圣 / 074
惋王勃 / 075
杜魂惊厦 / 076
诗仙与诗圣 / 077
黄　巢 / 078

乡韵浓情篇

迎　新 / 081
寻年俗 / 081
新农家 / 082
寄江南耕兄 / 082
春　垦 / 083
渔　泗 / 083
瓜农自销 / 084
渔　者 / 084
采藕女 / 085
晚秋遗莲 / 085
竹根志 / 086
空　竹 / 086
倚扉望 / 087
立　春 / 087
归　燕 / 088

四季蕴华篇

春 / 091
樱　园 / 091

003

海棠春雨 / 092

开　春 / 092

寻　芳 / 093

槐　花 / 093

路　柳 / 094

蒲公英 / 094

秋　气 / 095

秋　柳 / 095

露　菊 / 096

庭　梅 / 096

初冬雪 / 097

寒　梅 / 097

溪头梅 / 098

挚　友 / 098

西　园 / 099

桂园拾粹（四首） / 099

生有所悟篇

学而无尽 / 103

迎春花 / 103

天功成物 / 103

初心长持 / 104

纳　凉 / 104

舒　畅 / 104

孤　鸿 / 105

志　学 / 105

秋　燥 / 106

秋雨夜沉 / 106

恩 / 107

观　峰 / 107

寿 / 107

人　生 / 108

漕河夜影 / 109

春　秋 / 109

天　年 / 110

随感随笔篇

谒岳坟 / 113

再谒鄂王坟 / 113

竹林茅舍 / 114

乔生泣坟 / 114

兰炼春秋 / 115

目 录

河道清夫 / 116
无　题 / 116
茅台宴 / 117
健身舞 / 117
尚　德 / 118
大　厨 / 118
硕　腹 / 119
行车忌 / 119
晨　寺 / 120
峰　晓 / 120
女　怨（四首） / 121

杂诗收遗篇

靖河挑夫 / 125
曲背翁 / 126
故乡行 / 127
钢印拓心 / 129
采菱新妇 / 131
老人·小区·狗 / 133
鸭　殇 / 135
楼前槐 / 138

西北大厦 / 139

古文纳遗篇

海游赋 / 143
宠犬赋 / 146
鸭不识善 / 148
痰吐先生 / 149
漠域剖屉 / 150
克顽止痞 / 151
抱痛转愤 / 152
微行鉴心 / 153

现代诗篇

挺脊梁 / 157
梦 / 160
呼喊 / 163
问号 / 165
往事 / 167

心语寄情
——段双福诗集

退休遐想篇

憧憬退休

手持休证筹归期①，稼轩三宜正值时②。
故梓虽无片瓦地③，结庐南坡可暂栖。
前松后竹长作友④，酷热仿童入小溪。
唤伴荷锄翻新土，山花妩媚慰倦妻。

1999年12月30日正式批准退休。手持休证，并无失落之感，而是向往能返乡居住的景象。随感以留。

注：①筹归期：筹划退休后返回故乡居住（作者已离乡四十余年）。

②稼轩三宜：辛弃疾《西江月》词中有"宜醉宜游宜睡"句，此"三宜"预示作者退休后亦可行也。

③无片瓦地：20世纪50年代，国家组织建设大西北，作者应号召举家搬迁，原舍久弃，无缮成砾。

④松竹作友：作者憧憬在庐舍前后拟栽松竹，与其为友。参元结《丐论》："里无君子，则与松竹为友"。

回 首

人生耋老感悟多,夕阳余晖步蹉跎。
策鞭青骢狂半刻,回首去途嚣尘何?
日寇屠场捡一命,内战弹飞匿席窝①。
一五②支边③赴西北,老休归乡觅旧窠。

注:①匿席窝:藏匿在芦席卷中。
②一五:指1953年至1957年国家建设的第一个五年计划。
③支边:国家进行大规模工业化建设,征召建设大军,支援西北地区。

黄昏惜

索然无筹空寂寂,依观行云荡悠悠。
花眼常盼鹊迎客,贪心仍期戚滞留。
摊卷饱读过目忘,衰体依药混春秋。
淡墨一生无重彩,默对空宣枉自愁①。

注:①空宣:空白的宣纸上,毫无墨色。

露台事农

儿购一房,送有露台,有二十多平方米。退休后,吾茫然无事,遂制箱培土,以种菜蔬,打发无聊,充实生活。此已有数年,自得其乐。

润雨四月降,土苏充春温。
适时展锨锄,播籽复耕耘。
畦小杂多物,间或隔小埂。
恐鸟觅种食,箱侧插草人。
晨昏多勤作,向阳光充分。
次月间鸡毛①,青蔬按季轮。
菽瓜蔓竹架,两月藤覆荫。
荫下置棋桌,与孙对弈争。
秋来多收获,回味亦杂陈。
去农方十五,在塾②农事生。
六旬退休后,务之尚认真。
非是自身好,亦非赖以存。
精心培绿色,调节自心境。
心闲看鸟逐,无聊观风云。
远却喧闹市,归悟陶公情③。

注:①鸡毛:这里指小油菜,俗称"鸡毛菜"。

②塾：旧时读书的地方。
③陶公情：陶公，即陶渊明；情，即其诗《归去来兮辞·并序》中归家安适之情。

老 竹

春风宿竹意气发，抖落旧叶秀新芽。
斑斑老节志更坚，不似路柳迎风斜。

退休谣

索居闲处，友竹花草。
晨起培绿，黄昏施浇。
不求丰获，陶冶情操。
静时省身，卧聆鸣鸟。
云集风雨，舍外竹箫。
或邀高朋，立解寂寥。
翻典循论，文化补脑。
偶有所悟，蘸墨提毫。
累年积篇，集之有劳。
无事出跶，广听思默。

闻政有绩,胸中生韬。
獬豸①识腐,新政多招。
若有小蝇,厥有佞草②。
久故传彰,起而足蹈。
复兴中华,竞舟不锚。
明涛暗礁,舵技可靠。
耋龄逢盛,吉星高照。

注:①獬豸:古时传说中的异兽名,能在殿堂识别忠奸及贪腐之人,遂攻之。

②佞草:传说中能识别奸伪的草。

晚 晴

昭昭①白日去,华芳影自怜。
白露草向萎,罹病入暮年。
弱冠初立誓,裕后且光前②。
回首平平业,愧为后人先。
飞云任反复,归根曰静原③。
彼似不称服④,虚受更觉惭。

注:①昭昭:光明,明亮。

②裕后且光前，即光前裕后，本意指光宗耀祖，遗惠后代，此处为建功为民。

③静原：老子《道德经》有"夫物芸芸，各复归其根。归根曰静，静曰复命"，就是说万物生死有常，死如枝叶静静地回归根处，死而复生，复而绵长。

④彼似不称服：《诗经·曹风》有"彼其之子，不称其服"句，指那些朝中新贵们，不配身穿贵族装。

春入社区

绿草茵茵竞个高，春风欲醉扶柳条。
桂不与桃争早秀，紫藤蔷薇覆廊绕。
道侧香樟冠荫路，晨鸟合奏助健操。
万物向荣井有序，榕下百人舞《红谣》。

深秋荡舟

心飞舟荡穿秋苇，不辨荻花共雀飞。
小橹劲摇涟漪远，夕阳惜照倦牛归。

自　足

退休时，养老金按两年前工资基数计算，看似有亏，实则够花。时局稳定，社会平安，生活无忧是人生最大幸福。更有何求？

一箪果腹且满足，万贯之欲险如壑。
阳光雨露润万物，风雪雷电亦恩落。
扬帆航程虽万里，舟当泊时亦当泊。
知足之足常足矣①，追名逐利何处乐？

注：①见《老子》第四十六章："罪莫大于可欲，祸莫大于不知足，咎莫大于欲得。故知足之足，常足矣。" 指知道满足的人，心态是充实的，经常处在快乐中。

天　道

天爵①无翼飞，蜚语悄然随。
公器②无多取，涉世循无为③。
烦事敢勇当，祸过不避讳。
心欲扬天道，面功屠羊说。④

注：①天爵：指天然的爵位，指具有高尚的道德修养之人受社会广泛尊重而获得的声望、荣誉等。

②公器：官家器物，又指公有之器（包括荣誉）。《庄子·天运》："名，公器也。不可多取。"白居易《感兴》："名为公器无多取，利是身灾合少求。"

③无为：老子《道德经》主张治理国家按"道"，即自然规律。"道"是无为的。

④当立了大功时，面对赏赐要向屠羊说一样。屠羊说，春秋时楚国人，因吴入侵，楚昭王出逃，说相随。昭王返，欲奖赏屠羊说，说三拒而不受，并陈述自己"知不足以存国，而勇不足以死寇"，"岂可以贪爵禄而使吾君有妄施之名乎？"此是说屠羊说未把立功当功，赏赐封官，皆拒而不受，只是为国家平安而尽己之力而已。

异　感

育儿真觉成长缓，携孙倏感魄修窜。
非是日月变挡速，应是生计异顺难。

心语寄情
——段双福诗集

游山亲水篇

乘高铁游江浙

春风得意下三吴,冰消晨天旷野苏。
铁驾飞驰千数地,城流忽闪六朝都。
远足从来愁期遥,客游一时兴无估。
饱览胜景比比是,欲觅遗伤处处无。

寺 晨

为寻春韵踏露早,欲知水性立溪桥。
竹间鸣鸟争梢立,寺前雾涌势如潮。
近听禅师诵《心经》,远闻炮声无般若[①]。
世事不在诗中意,多情总被无情扰。

注:①该句意为在其他国家还能听到战争的炮火声。般若,《心经》认为般若能度一切苦厄。

漓江泛筏①

霞光茫茫万山彤，鸟影忽忽出林匆。
绿篙一枝放晨曲，崖壁三叠《映山红》。②
江盘碛清千影荡③，峡出顺流万里风。
腾空巨浪飞雾起，落地江云似鲲鹏④。

注： ①1987年，作者得空游漓江，首次乘竹筏顺流而下，初尝畅游之乐。

②有一段弯处呈"U"形，撑筏之人乘兴高唱《映山红》，歌声之高亢，震荡三面山崖，回音形成叠唱。

③碛：浅水中的沙石。这里是说江水很清，两岸景物和天上飞云倒映其中。

④鲲鹏：腾空的水雾与低沉的飞云相接连，好似展翅欲飞的鲲鹏一样。

三峡涛

砼壁耸立百丈高，横截万马奔腾涛。
开闸狂放泻千里，阖收降龙控万涝。
旧波滚滚流未尽，新浪涛涛催前潮。
夜来话别天上星，日升东海做鲲遨。

西湖初秋

艳秋西湖美绝伦,不妆不抹也宜人。
雾罩恰似西子浴,缥缈绰约纱蒙身。
柳岸丝丝传莺语,断桥攘攘寻幽韵。
望山桥下轻舟过,桂棹琵琶放歌声。

勇 登

2004年游平凉崆峒山,梯陡而阶高,无勇气者望而生畏。但有诸多勇者,争先恐后而奋登,余喟叹不已,遂参矣。

千级陡阶欲腾飞[①],敢与少壮争登魁。
轻风两侧松尖越,不惜黄昏奋前麾。

注:①阶,登山台阶。

天目湖[1]漫步兰径

暖风涤兰湖中山,春鸟逐偶各昂扬。
莫道幽径刚被雨,与兰为伍笑含香。

注:①天目湖:位于常州溧阳市南8公里处,因属天目山余脉,故名"天目湖"。

雨中山寺[1]

询得山背有浮屠[2],风雨钟声静聆无。
雾迷樵径嶙峋路,欲上圣境[3]无坦途。

注:①2020年秋,作者游九华山而作。
②浮屠:此处指佛塔。
③圣境:超凡入圣的境界。比喻自然景物出神入画之境界。唐代王缙《东京大敬爱寺大证禅师碑》:"夫上智之身,曲随世界;上智之心,密游圣境。"

涧溪鹂鸣①

鹂鸟涧溪呼群鸣,嬉水浴羽浑不惊。
潺潺幽音深处出,溪掬落樱悄无声。

注:①此诗作于 2012 年 7 月。

山 行

吟诗腾山阶,歌扬溪水清。
习鸣惊鹂语,过涧虎跳行。
伴见谑猿顽,孙急呼小心。
能具如斯者,壮心逢太平。

山雾出坳①

　　山头初阳照，席卷急出坳。
　　幽溪涧底流，飞鸟鸣穿梢。
　　斜竹引风路，游童隔涧啸。
　　名山储风水，时盛众情高。

注：①此诗作于2006年雁荡山之游。

篙师棹歌

　　竹篙巧点万浪开，棹歌入峡十里外。
　　南岸山猿树头惊，北崖激荡邀星来。

庐山瀑布

瀑高急泻溅雾飞,碧龙潭深水旋回。
太阳出岫探头望,斜抛彩带作霞帔。

花港路

蝶在眉间舞,蜓绕遮阳颠。
鸟鸣花港路,絮惹鱼跃渊。
径幽花怀珠,松鼠邀食拦。
童嬉争柳笛,叟悦映夕阳。
港路临暮色,游客乐忘还。
荒时唯觅食,丰足民安闲。
若知天下事,港路呈一斑。

昭陵六骏①

昭陵雕六骏，风采惊世人。
个个雄姿飒，匹匹气腾云。
战功显赫赫，助主定乾坤。
世事多变迁，昭陵遭侵凌。
昔世乱不靖，六骏安得宁？
四驹入内馆，两骁流费城②。
拳騧飒露紫，异域牵人魂。
青骓什伐赤，虽展失神韵。
白蹄特勒骠，昂首常悲鸣。
六骏昔侍主，华厦威凛凛。
神态永记忆，青史留威名。
人若失鸿志，虔骏谒昭陵。

注：①六骏：唐太宗征战时所骑过的六匹骏马，分别是拳毛騧、什伐赤、白蹄乌、特勒骠、飒露紫、青骓。为纪念这六匹战马，李世民令工艺家阎立德和画家阎立本，用浮雕描绘六匹战马的雄姿列置于昭陵（陕西礼泉县唐太宗的陵墓）前。

②1913年，飒露紫、拳毛騧，被剥离分块装箱，偷运时被农民发现并拦截，后被军阀伙同古董商出卖至国外（现在美国费城）。

中原行（八首）

2012年，国务院通知将国庆节长假与中秋节假合并连休，同时发文规定小车免收路桥费。因此，举国欢动，余借长假远游。

双节连休河南行（其一）

宜人高秋气爽朗，两节连休掀游浪①。
一策免除路桥费，万车出游如蚁蝗。
前瞭无尽车塞路，后列十里笛鸣慌。
欲驭飞车四万里②，乘风逍遥奇肱邦③。

注：①掀游浪：指国人远游热情高涨。

②飞车四万里：据《太平广记·卷第四百八十二·蛮夷三》记载，"奇肱国，其民善为机巧，以杀百禽。能为飞车，从风远行。汤时，西风久下，奇肱人车至于豫州界中。汤破其车，不以示民。后十年，东风复至，乃使乘车遣归。其国去玉门西万里"。飞车万里，意即源于此。

③奇肱邦：即奇肱国，中国古代神话传说中的国家。

体验高速（其二）

自驾往洛阳旅游，由上海出发，一路行高速公路，直抵目的地。余首次体验了长途自驾游之快之乐。

穿隧飞涧千里程，一路长驱抵龙门。
欣喜今行高速路，乐与争驰唯飞云。
古来出行数年月，而今万里计时分。
经纬坦坦速驰道，何惧边陲起胡尘。

白　园（其三）

白园小径独幽馨，雅竹两侧揖殷殷。
听伊亭[①]婷迎贵客，乐天堂溢《琵琶行》[②]。
行云常驻邀新曲，松涛畅诵《卖炭翁》。
游人池前也蘸墨，欲效骚人沾仙吟。

注：①听伊亭：在白园园门不远处。
　　②乐天堂：在白园门左侧。堂内长时传出《琵琶行》诵吟声。

谒 白[①]（其四）

松柏垂愁云，杉丘遗孤坟。
隆丘虽丈八，不足彰诗神[②]。
天下琵琶女[③]，欲弦谁知闻？
婆妪欲聆吟，怅与泣兰云。
祖帐管弦咽，[④]十万啼廉声。[⑤]
达贵清廉者，至今已疏闻。

注：①谒白：拜谒白居易墓。2012年10月洛阳游时，作者专程往白园祭拜。

②丈八：唐朝郭子仪因平定安禄山有大功，将其墓做到一丈八高，但德宗皇帝又下诏破例将郭子仪的墓建到二丈八高，以彰其特大功勋。

③琵琶女：见白居易《琵琶行》诗。

④祖帐：古时送远行之人在路旁设置的帷帐。管弦咽：用如泣如诉的管弦声形容送别之人的悲伤。此句出于白居易《西湖留别》"征途行色惨风烟，祖帐离声咽管弦"，以此形容杭州百姓为白居易送行的场景。

⑤十万啼廉声：白居易在苏州做官一年多，为老百姓做了很多事，以致积劳成疾。乘船离开时，十万群众在河岸夹边相送，哭声震天。

白 冢① (其五)

香山冢上草萋萋,松柏垂珠云常低。
长衫长袖长叩拜,常泣常默常叹息。
总盼华夏新才出,更冀勋政益民堤。
羊角②可舆诗魂出,广播诗雨润华稷。

注:①白冢:白居易之坟墓,在洛阳白园。
　　②羊角:旋风。

包公祠 (其六)

两次去开封,专拜祭包公。肖像中堂立,威武习习风。游人络绎至,默然且肃恭。面铡生题议,句句意皆同。

世有不平呼青天,包公警世已千年。
只叹虎铡早锈蚀,淳风冰吏①亦稀延。

注:①淳风冰吏:淳风,淳朴的风尚。《晋书·乐志下》:"敦以淳风,濯以清波。"意即淳美教化之风尚。冰吏:像冰一样清洁的官吏,喻人之操守高尚、清白、廉洁。

观少林武术表演[①](其七)

臂指怒目光射敌,各般武艺精霹雳。
鼓点咚咚增威武,吼声阵阵啸冲天。
自古少林精武术,势震八方扬国威。
中华代代精英出,何须悲歌《大风》归[②]。

注: ①2015年作者游河南嵩山,游少林寺,观看武僧表演后遂作。

②汉高祖十一年(公元前196年)十月,淮南王英布起兵反叛,刘邦亲自出兵镇压,得胜还军途中,顺路回故乡沛县(今属江苏省徐州)。与众人欢饮,刘邦酒酣即兴作《大风歌》,表达了其守卫疆土使人民安宁生活的愿望。

清明上河园(其八)

清明上河园是按宋人张择端所画《清明上河图》建造的宋代历史文化主题公园,它反映了当时商业繁荣景象和宋时的文化活动。公园于1998年10月建成并开放,是国家5A级景区。

时空幻越入宋园[①],京都古界今又观。
汴河一水贯南北,虹桥千载识波漾。

清明尚遭靖康耻②,苟安何论复汴梁。
一隅此景难为久,八方繁荣策方良。

注:①宋园:即清明上河园。此处所建皆呈宋时繁荣街市之景象。

②清明:治理有法度,政清人和。靖康耻:靖康二年(金天会五年,1127年)金朝南下攻取北宋京都东京,掳走徽、钦二帝及三千余宫人,东京城被洗劫一空。靖康之变导致北宋灭亡。

云南行（五首）

2014年7月，余随儿子一家到云南旅游，乘飞机先达丽江，后租车游丽江诸景，后游大理。此皆首次，遂记之。

夜雨寻栈（其一）

7月11日因飞机晚点6个小时，余一家租车至古城已是次日寅时。大雨滂沱，客栈难寻，冒雨寻至寅时，未果。此艰难困境是旅游中极端境遇，冷、饥、累、困、惊，遇店大门紧闭，敲门无人应答，只能在檐下避雨。丽江啊！见面礼够味！

夜雨寻栈到寅时，千家旅店门紧闭。
滂沱淹径水漫履，雨透倦体强忍饥。

虎跳峡①（其二）

恍疑飞廉挥雷鞭②，狂涛泻穿九重天。
纵使虎猛欲飞峡，亦惊律令震无边。

注：①虎跳峡:是丽江境内金沙江上的景点,曾传有猛虎跳跃此峡。
②因峡有险涛狂浪,声洪音巨,使人恍然如入非凡境地。飞廉即风伯,律令即善走的神。《淮南子》:"雷以电为鞭,电光照处,为之列缺。"

泸沽湖初晓①（其三）

前一晚赶到泸沽湖住在湖边旅店,第二天清晨游湖区。

轻风细雨浣清晨,淡月疏星启客门。
泸湖天光成一色,层峰叠翠②远愈深。
水性杨花桴女撷,③舟翁收渔夜网沉④。
走婚⑤桥头喧闹鸟,情娘⑥悄嘱郎归程。

注：①泸沽湖：位于四川省盐源县与云南省宁蒗县交界处,作者此去为丽江泸沽湖景区,地处云南省丽江市宁蒗彝族自治县永宁镇,是我国摩梭人聚居地。
②层峰叠翠：翠绿色的山峰,一层一层地排列着。
③水性杨花：每年5月至10月,泸沽湖水面会绽放出纯白的小花,那花儿三片雪白色的花瓣聚拢在一起,簇拥着中间一抹黄色的花蕊,洁净淡雅。这些小花像朵朵白云般漂浮在水中,随波浮动,在阳光下熠熠生辉,形成了泸沽湖有名的奇景——水性杨花。此景不仅吸引游人缓步注视,还引来住在附近的渔

女划小筏采撷白花。桴：小筏。

④夜网沉：渔人前一傍晚放下渔网，次日天微亮时下湖收网，鱼多则网沉。

⑤走婚：这是摩梭人最具代表性的婚俗，永宁摩梭人尚沿袭此古俗。景区为显示这一古老习俗，修了一座走婚桥，一寓鹊桥好事，以解牛织情盼之苦，二增游趣。

⑥情娘：此处是对走婚习俗女子称谓（因该女子不能称妻子，称情人不妥，称新娘亦不当）。

江中巨石①（其四）

江中巨石立不卧，力砥中流劈激波。
前无屏遮先锋当，脚下陂陀步不挪。
暴雨泄愤千鞭打，冷湍急落万漩涡。
任凭洪涛冲发怒，一身铮骨耐蹉磨。

注：①金沙江虎跳峡有一巨石矗立于江中，多少年来，受暴雨洗刷和洪流冲击却顽强挺立，纹丝不动。其铮骨如铁、坚持不懈的高品，作者尤为赏，故作此诗。

大理苍山（其五）

苍山是云岭山脉南端的主峰，由十九座山峰自北而南组成，北起洱源邓川，南至下关天生桥。明初蓝玉等攻大理，大理城西倚点苍，东临洱海以为固。蓝玉等遣奇兵绕出点苍山后，攀木援崖而上，立旗帜，敌遂惊溃。

苍山一障十九峰，屏得七朝东南雄[①]。
岭外欲起翻云势，北旌一举偃窥踪。

注：①七朝：云南先后有南诏、大长和、大天兴、大义宁、大理、大中、后理七个王朝。

陇地行（八首）

兴登嘉峪关（其一）

2013年7月，吾携妻与家戚组成一团，游敦煌、嘉峪关等地。祖国之辽阔，山河之壮美，文化之博深，每每使人壮发雄志，激情不已，思绪悠然，遂作此诗。

漫漫丝绸路，悠悠驼铃声。
漠脊胼胝远，晨曦耀峪关。
远毡①缀萋草，鞭歌唱《牧羊》。
空绝惊飞鸟，烽台偃狼烟。
游击将军府，②博陈十八般。③
回望祁连雪，淙淙滋五凉。
追忆霍骠骑，长眠应安然。
万疆安如此，壮哉我山河。

注：①远毡：在远处有一座座毛毡房，为牧人游牧时的住所。
②游击将军是朝廷派出防守关隘的军队最高长官，朝廷还为其专设府邸。
③嘉峪关城下原建有将军府，现在已建成博物馆，馆内陈列着守关所用的各种各样的冷兵器。

忆冠军侯（其二）

豪饮汉武酒，遥忆冠军侯。
索疆数千里，胡庭缚百酋。
储勇不内逞，建功黑山头。
智睿勤民事，青史芳永流。

酒泉饮（其三）

一樽汉武御，其醇入腑甘。
汲井狂三碗，意发眺远关。
遥指黑山头，胡云曾迷天。
而今普照日，永念骠骑将。
国弱边事起，势盛八方安。
长砺防觊觎，懈怠发祸端。
我之长城固，却敌戍边关。

风沙月牙湖（其四）

游鸣沙山时，至下午，狂风大作，黄埃散漫，唯月牙湖镜清，余与众皆惊，遂作此诗。

风漫戈域满沙霾，掠越牙泉无遗埃。
非是暴狂蕴善意，岂知此湖心无邪。

锁阳城[①]（其五）

黄昏风沙锁阳城，沧桑岁月残垣根。
八百年盛景耀戈壁，五十里高墙御胡尘。
堆堆瓦砾隐沙丘，株株蓬草逆风生。
玄奘经坛讲三月[②]，比丘坛堂四百僧。
古城古景成旧事，无情岁月遗一痕。

注：①锁阳城：原名苦峪城，在甘肃省瓜州县城东南约70公里的戈壁滩上，始建于汉，兴于唐，其他各代都不同程度地重修和利用过。传说唐时薛仁贵征西时受困于此，发现城周围有一种植物和红萝卜一样，名叫锁阳，可以食用，便命令将士挖出来充饥。于是将士皆挖锁阳为食，直到救兵到来。因此，苦峪城改为锁阳城。

②玄奘经坛：相传玄奘西天取经归来曾经过锁阳城，在城内寺庙讲经三个月，听经僧人达400人。

甘肃山区窑居（其六）

山阳坡掘方池地，东角栅畜西饲鸡。
南向横挖三四室，铁门漆牖内饰泥。
坡顶辟槽防山水，门窗联楣贴花艺。
弥天风雪炕头暖，三伏热浪不近篱。

暮登兴隆西山（其七）

日倾升愁绪，归鸟争宿枝。
闲云荡山头，寺钟传旧祈。
暮雾生幽谷，瞬将天幕弥。
行侠瞭前路，步旅途幻迷。
呼前应后者，皆惊山势奇。
颠宇忽倒映，众皆向影移。
高登炤之远，宇下心不离。

兴隆云杉（其八）

一树云杉四人环，据考有轮六百年。
龙爪盘错深入基，躯拔耸立冲云天。
狂风骤雨奋遮挡，万木抖擞勇奋前。
自肃歧思身自正，满袖清风拂丰田。

楚地行（六首）

2013年8月，有机会游岳阳、衡山及长沙岳麓书院等，敬仰之情油然而生。尤其余早已向往的岳阳楼和韶山，得以一览，以慰久念之心。

烟雨岳阳楼（其一）

烟雨沉沉错登楼，红栏内外雾不收。
仙岚漫漫幕未启，君山浮浮陡生愁。
百舸兴笛意欲发，洞庭欲波起又廋。
空高千仞储瑞气，云梦万顷正高歌。

初上岳阳楼（其二）

清晨登楼恰逢细雨，远物迷蒙而不辨，与君山相对，好似薄纱笼罩，偌大洞庭隐于烟雨云雾之中。船笛鸣，飞鸟掠，轻风吹，游兴勃勃然。

雨停日出，光照万物，空气格外新鲜，众多游人，皆览景而叹。

登楼放目远，迷蒙疑物频。
君山相对处，细雨润洞庭。

舻笛震晓月，惊鸟掠不鸣。
至晨阳光烈，宇下万物新。
风清脑更觉，气和发壮心。
熙攘趋斯者，风景正光明。

岳阳楼（其三）

仙登斯楼洞庭开①，圣愁关山动地哀②。
胜景难却天下客，墨芳广滋楚地才。
湖纳四水胸怀阔③，楼迎八方热肠来。
希文济时江湖远④，遥听长江奔海嗨⑤。

注：①李白诗《与夏十二登岳阳楼》："楼观岳阳尽，川迥洞庭开。"意即李白登楼，极目远眺所见景象，表现了其闲适旷达的胸怀。

②杜甫《登岳阳楼》："昔闻洞庭水，今上岳阳楼……戎马关山北，凭轩涕泗流。"关山以北，战火仍未止息，杜甫凭栏遥望，胸怀家国泪水横流。

③湘江、资江、沅江、澧水四水及其支流顺着地势由南向北汇入洞庭湖，显示洞庭湖宏大胸怀。

④范仲淹，字希文。改革失败后，他经世济时的政治抱负受到打击，在被贬之后"处江湖之远"，但他仍然惦念着百姓的忧乐。

⑤在岳阳楼上能听到波涛汹涌的长江水,像千百个合唱团发出轰鸣声,自信而又得意地奔向大海,"嗨"出了中华民族的团结一心、奋发图强的英雄气概。

集思岳阳楼(其四)

尽阅少陵诗中愁,常思希文乐与忧。①
一轮普照无晦处,百业皆兴方登楼。
荡荡胸怀无离忧,泱泱中华日月新。
科技兴国亿人奋,改革求效富九州。

注:①杜甫,字少陵; 范仲淹,字希文。

岳麓书院①(其五)

岣嵝列峰竞峥嵘,②楚天风骚旷世雄。
世若不谙德与理,岳麓斋中请程公③。

注:①岳麓书院:位于湖南省长沙市湘江西岸的岳麓山东面山下,是中国古代传统书院建筑,属于中国历史上著名的四大书院之一。
②岣嵝:即衡山主峰之一,在湖南省衡阳市北,也指衡山。

峥嵘：形容山高峻突兀或建筑物高大耸立，也指高峻的山峰。

③程公：即程颢、程颐，兄弟俩是北宋时期的理学家、教育家，也是北宋理学的奠基人。

韶山注目（其六）

2018年8月下旬，自驾游湘，车近韶山冲时，骤雨突来，散云忽忽，仰视峰岭，间阳苍苍，虹柱山外，似天地相连。

云却南岳巍，①竹耀夕照翠。
霁②虹注脚远，高衢通天帷。

注：①却：退却。南岳：衡山是五岳之一的南岳。
②霁：雨停。

心语寄情
——段双福诗集

情系山河篇

峡浪思远

皇考与我身,吾必报其恩。
天地既纳我,更知大义深。
是人总念祖,有族必护根。
羊尚知跪乳,人心不可沦。

狂少叩阙[1]

狂少不知世事难,轻妄横指论江山。
狭胸常存怨与愤,人间岂有平和安。
擎柱栋材幽峪出,松柏常青容暑寒。
山中宰相腹中有[2],孺子可教效张良[3]。

注:[1]有少年初为政,行轻狂,作者遂作此诗以试之。

[2]山中宰相:南北朝之南朝齐梁时,陶弘景隐居茅山,不仅是当时高德之人,也是当时思想家、医药学家、炼丹家、文学家。梁帝屡请为官,陶坚隐而不任。后梁帝知其意,亦不勉强。但是朝廷每有大事,帝常往咨询,平时书信往来频繁,时人称为"山中宰相"。腹中有:陶不仅持有高德,还有治国高策。此是说有高德者虽隐而能助政,不似轻狂者。

[3]张良:秦末汉初谋士、大臣。相传他得《太公兵法》,深明韬略,足智多谋。作为"智囊",为刘邦完成统一大业奠定坚

实基础,刘邦赞他"运筹策于帷帐之中,决胜千里之外"。此名言随着张良的机智谋划、文韬武略而流传百世。汉朝建立时封留侯,后功成身退,千古流芳。

勇　向[①]

盛兴期望少年强,储勇枕戈以待旦。[②]
当效班超辍笔志[③],不齿安史毁稷[④]顽。
幼尚清白石灰吟[⑤],壮当拓边骠骑将[⑥]。
东优西长学相融,南橘北移适应难。

注:①青少年有一股趋新向前的勇气,遂作此诗。

②储勇:经过学习,练就或储备技艺和力量。枕戈待旦:练就本领后,随时听国家之召唤,为国所用。

③班超志向高远,投笔从戎,在西域的三十一年中,分化、瓦解和驱逐匈奴势力,不仅维护了东汉的安全,而且加强了与西域各族的联系,为稳定西域,促进民族融合,作出了卓越贡献。

④安史毁稷:安禄山、史思明叛乱,导致唐朝自此向衰不振,从根本上毁了大唐基础。

⑤石灰吟:是明朝民族英雄于谦的托志之作《石灰吟》。作者以石灰作比喻,抒发自己坚强不屈、洁身自好的品质和不同流合污的心志。

⑥骠骑将:汉武帝时,霍去病因战功而被封为骠骑将军。

边 思

千里梦回警起身,帘外斜月满地银。
细听鸿鸟声无序,朔风归雁何惊鸣。
边关古来多衅事,而今方宁几十年。
欲随将军①天山定,天阙②久安须请缨。

注:①将军:这里指开国上将王震。1949年王震率部挺进新疆,守护新疆近20年。

②天阙:即京都。

有感第一艘航母服役

积弱何谈航母舰,甲午之耻忘也难。
洋务运动未壮国,三民主义一路艰。
国人同心抗列强,御敌拒寇百余年。
邓公怒眦警海域①,而今得慰瞑目眠。

注:①邓公:邓世昌。

遐 思①

云海一色曙，月空半清明。
遐思悠悠远，净心事事宁。
迎霞激壮志，万涛一化平。
区区窃鳌者②，处处戚家军③。

注：①我国海疆辽阔，海岛星布，但常有不轨者觊觎，侵扰我海岛，使海域不宁。但国策如定海神针，让人心安。作者遂作此诗，以抒怀。

②窃鳌者：《列子·汤问》中记载，古代渤海东面有五座山，常随波涛浮动。天帝命十五只巨鳌用头顶着，山才固定不动。龙伯国有一个人得知五山是鳌头相顶，就用鱼饵将鳌钓起，一连钓了六只，于是其中两座山沉入大海。此处比喻那些觊觎我海域者。

③戚家军：明朝时，倭患肆虐，参将戚继光组建一支新军。由于这支队伍勇猛善战，威震敌胆，且屡立战功，被誉为"戚家军"。此处意为我国海域处处有解放军驻守保卫。

观长江画卷

亲历江山七彩辉，任思驰骋纵经纬。
终生深恋我疆域，粗描山河也壮美。

心语寄情
——段双福诗集

情牵谊连篇

康健园诗词会①

牡丹苑首牡丹亭,牡丹亭上聚众英。
研诗诵词十数载,深究风骚论古今。
平目比皆忘机友②,聆闻耄耋参差龄。
不似阎公为阁序③,唯究崔颢鹤何行④。

注:①康健园诗词会:1998年8月,由数名诗词爱好者,在康健公园牡丹亭自发组织一个旨在学习唐诗宋词的小班,举行诗词歌吟会。

②忘机友:道家本意为消除机巧之心,此处指以淡泊宁静忘却世俗凡庸,以与世无争为处世原则之人。

③阎公:阎伯屿。高宗上元二年(公元675年),时任南昌故郡洪州都督的阎伯屿,重修了滕王阁,于九月九日在那里宴请文人雅士和朋友,举行赞颂滕王阁的笔会。王勃是当时有名文士,他探望父亲时途经洪都,也在被请之列。此处意为说康健园诗词会既不像阎公那样用名宴邀贤才求高文,又不像王勃那样应邀作序。

④崔颢有《黄鹤楼》,名贯千古。此意即学众只品评名人名诗中的深义。因为在牡丹亭学习诗词的人多是高知者、高龄者,以"老有所学"为旨,探讨人生、人寿、人品、修养等。

观妻运毫

墨池一点宣帛降,运毫恰闻水云潺。
玉指妙生笔端秀,红桃长蕴不尽香。
嫣然回眸山林醉,双泉永噙一世祥。
字露羞涩半分笑,清风偷窥踮栏杆。

道 别①

相别珍重逢亦重,情似飘絮落野空。
幽兰泣露恐香尽,相思付烛愁烬红。
长江头尾约共饮,②天地可立居身同。③
两情久长岂朝暮④,萍水来年总相逢。

注:①道别:两友分别,互道珍重,并以诗句相托,道出诗人内心不同的离别之感。

②见宋朝李之仪《卜算子》"我住长江头,君住长江尾,日日思君不见君,共饮长江水"句。

③见道家王阳明"养浩然正气,立君子威风,才能久立于天地之间"句。

④见秦观《鹊桥仙》词"两情若是久长时,又岂在朝朝暮暮"句。

豪 饮

少时不知醉滋味,倾壶豪饮不论杯。
两坛空滴语无序,八仙争呼我未醉。
故交狂吹驭涛泳,新友更语执天雷。
顷间桌面无一客,酒家怨遭醉侯[①]辈。

注:①醉侯:即刘伶,西晋沛国人,字伯伦。魏晋时期名士,"竹林七贤"之一。刘伶嗜酒不羁,被称为"醉侯",好老庄之学,追求自由逍遥、无为而治。曾传刘伶在酒店狂饮,一醉两年,酒家等其醒后才讨得酒钱。

贺国庆(兼附何君《贺2016年国庆节》)

翻天覆地四九年,巨手一擎天下安。
三民新策葬旧制,一帜马列开新篇。
经济奇迹赖开放,国位高齐靠自强。
科技创新才济济,云蔽风扰我泰然。

贺 2016 年国庆节（何天翼）

国庆六十七周年，深化改革谱新篇。
经济稳增质渐优，彰显五大高理念。
南海风云显国威，杭州峰会捷报传。
一带一路展雄风，大国外交新风范。

春 节（附何天翼《贺新春》）

史上盛世有几斑，何如当今国势强。
未料诸域换酋首，搅得四海彻天寒。
西方民主非一色，中华特质上三竿①。
唯期我族心同结，岂惧黑云压航帆。

注：①三竿：指中华特质如太阳升三竿之高，光照显耀，万物祥和。有诗可参"三竿红日出扶桑，凤舞鸾飞呈吉祥。不久再生三五丈，乾坤万物尽辉光"。

贺新春（何天翼）

猴年历程不平凡，改革深细促发展。
经济稳增质向好，"十三五"现好开端。

法治党建添新规,民生脱贫逾千万。
"一带一路"见成效,不怕风云挽狂澜。
大国担当外交强,杭州峰会见一斑。
喜迎党的十九大,齐奔两个一百年。
紧跟核心新长征,共筑人类新家园。

淑 内

质本纯厚蕴精明,安详福面一身勤。
貌似懦弱存刚烈,琐事不较大事清。
克勤克俭苟自己,林下有风语轻盈①。
亲友遇窘常相助,永秉三德②非治人③。

注:①林下有风:即成语林下风气。出于南朝宋《世说新语·贤媛》,是说女子风度娴雅,仪态高洁。

②三德:见《中庸》第二十章"知、仁、勇三者,天下之达德也"之句。

③治人:见《中庸》第二十章"好学近乎知,力行近乎仁,知耻近乎勇。知斯三者,则知所以修身。知所以修身,则知所以治人……"之句。

别少卿

少时玩伴壮时朋,一生风雨例例同。
非是同宗承一脉,胜似手足亲弟兄。

馈友亲
为溪水山人《清平乐·陇上行》而作

未达古稀不言老,茂春不嗟夕阳红。
人间得失寻常事,风物依旧情意浓。
物是昨非比比是,何求光景件件同。
肆虐风雨总有尽,我自挺拔向上松。

清平乐·陇上行（溪水山人）

陇上半百,鬓须霜渐浓。积下往事如秋烟,还是风物依旧。

人间夕阳几度,奈何戈壁黄沙。离恨恰似春笋,唤来南国又生。

守空神职①
——致云稀

昆仑山脊竖铁塔,万仞雪峰开雷达。
天目睽睽察风云,不教圣山落黑鸦。

注:①云稀,吾之友,1968年参军,为雷达兵,驻守昆仑山巅。

内 贤

百养千修融腹中,谈吐风雅不凡庸。
不懈广育桃与李,①一生精读可充栋。

注:①广育桃与李:妻子曾是中学高级教师,执教三十年,教育学生千人以上。

致友人①

人生似飙尘,盛衰有其然。
欢聚难重继,伤别在瞬间。
聚时何忽忽,离伤何以堪。

情谊胜胶漆,断之性尚黏。
所幸隔空语,能越万重山。
举觞千里贺,相庆能饮安。

注:①友人,高姓,闻其退休,又丧爱妻,后移居鲁地。回想过去友谊,彼此久未见,思念越甚。

毅 公①

毅公情谊重,尚义鄙谀功。
刚言恶②傲尊,德行自成风。
冷对趋势客,热心扶弱众。
一生轻仕路,与佞敢直讽。
风云常呼忽,正气直薄穹。
恝然置荣悃,锻性嵇康同。③
淡泊常蕴馨,令闻④高于松。

注:①毅公:王姓,吾之友也。近闻其退休携妻远游,以诗赞之。
②恶,惭愧,此作动词,使惭愧。
③恝,淡然,不在乎。悃,失意。嵇康,曹魏时的哲学家,音乐家,诗人,"竹林七贤"之一。锻性:见《晋书·列传第十

九》"康善锻,秀为之佐"之句。嵇康为名士,打铁锻器非其职业,而是锻其刚毅坚韧气质。

④令闻:美好的名声,出自《诗经·大雅·文王》"亹亹文王,令闻不已。"

兄　弟

闻弟从景泰农村插队处抽调上来安排工作,心中非常高兴。遂作此诗。

兄弟似杈枝,同杆一根系。
丫条虽伸远,叶茂共荫基。
杈稳筑妙巢,枝雅引凤依。
共承上祖脉,行为亦妨奇。
飓风相互挡,雨打不弃离。
在堂同持孝,打虎一心齐,
合披祖德荫,共将新芽滋。

善飞鸟[1]

本性善飞鸟,在哺志穹翱。
翩羽向丰满,一振翔出巢。
楚山访鸣艺[2],燕蓟方健脚[3]。
九州任叱咤,翅展凌碧霄。

注:[1]吾之高朋密友溪水山人,其女在异地工作,常年不在身边,友人担心无人女儿照顾,又恐女儿涉世过浅而多受苦累。此情常常流露,余遂作此诗以劝慰其心。

[2]楚山:即楚地之山,古有楚鸟"三年不鸣,一鸣惊人,三年不飞,一飞冲天"之典。老友之女大学在武汉就读,以"访鸣艺"而喻之所学。

[3]常"健脚",为以后更好工作打基础。

致 弟

世间有几何?兄弟亲手足。
共贻血气生,埙篪[1]声相和。
相携若棠棣,翕然类花萼。[2]

昔父莫须难,阖门险遭遣。③
糊口无半文,穷困达空前。
弃叶填久饥,④裂衾共眠寒。

父逝汝尚幼,怜相乞饱暖。
兄虽知让梨,难以抚汝愿。
与姊同挣扎,拾荒度穷艰。
昔难兄与弟,鹡鸰之在原。⑤

追昔百年窘,半罪西东洋。⑥
长时侵略我,割地更赔款。
封建长命锁,桎梏我国疆。
百业皆禁锢,家园遭祸殃。

而今险涛过,长风宜扬帆。
日朗山水清,风光耄耋年。

注:①埙箎:埙、箎皆为古代乐器,二者合奏时声音相应和。《诗经·小雅·何人斯》:"伯氏吹埙,仲氏吹箎。"意为长兄吹奏那陶埙,小弟吹奏那竹箎。此处比喻兄弟相和睦。

②《诗经·小雅·棠棣》:"棠棣之华,鄂不铧铧。凡今之人,莫如兄弟。"即高大的棠棣树鲜花盛开时节,花萼花蒂是那样的灿烂绚丽。普天下的人与人之间的感情,都不如兄弟间那

样相爱相亲。

③父亲在"社教"中被开除工作(后被平反),并欲遣送返乡。全家六口人,本全依父亲工资生活,父亲"失业"后,家中无分文收入。时家中四人在校读书,生活无着,空前艰难。

④放学后,我们在房头捡回废弃的大卷心菜的老边叶及葱须等充饥。

⑤《诗经·小雅·常棣》曰:"脊令在原,兄弟急难。" 脊令即鹡鸰,一种鸟。鹡鸰鸟在原野上飞走又悲鸣,只有血亲兄弟之间才能在陷入危难时互相帮助。

⑥西东洋:西洋东洋的侵略,掠夺造成我国百年困顿。

吊刘敦

1987年5月,培训教师刘敦病逝,我与同事凭吊,灵堂森静,松柏青垂,香烬蜡残,哀乐幡祟。其妻及子女跪泣,众皆怜之。

独兰泣吊客,愁云柏下旋。
欲晴还丝雨,哀思拂垂帘。
妻孥哀无尽,冥者眠安然。
黄泉无情路,遗子谁垂怜?

根

青灯黄卷手,蒲团向佛心。
月映寒鸦树,寺晓传梵音。
乱尘迷茫眼,却凡独修行。
椿萱恩皇皇①,根兮如何静。

注：①椿萱,椿庭萱堂,即健在的父母。皇：大的意思。

念徐友①

课台草诗赠相戏,②百花草堂更盟誓。③
立志报国尽忠胆,服务人民献寸心。
如今分手已数载,未忘相别赠一诗。
今生不期同岗位,各创功绩展鸿翼。

注：①徐友：名均平,中学时挚友,后为兰州大学教授。此诗作于1969年。

②在教室,曾写诗互赠,或戏或共勉。

③百花草堂：高三时,几位同学利用一个闲置的菜窖,复习备考。临别前,几位发"立志报国尽忠胆,服务人民献寸心"之誓言。后数年,各奔东西,难再见。

伯母百岁庆

  2013年9月20日，三伯母百岁寿诞，为我村首位百岁长者。往贺者百余人，家中热闹非凡。

    伯母百寿诞，四代绕膝环。
    儿孙献桃乐，曾玄跪拜欢。
    松柏长青翠，祈寿比南山。
    承运无食忧，天祺[①]当自然。
    堂耀福禄寿，人行孝为先。
    代代积善德，辈辈出仁贤。
    和谐弥乡里，兴旺誉润天。
    见贤唯思齐，期能出卿将。

注：①祺：吉祥，福气。见《诗经·大雅》"寿考维祺"。

致红玉[①]（三首）

梦约中秋（其一）

昨梦设几迎君友，拟与君携手，拟期月圆时，共享欢乐，今番更何酬？

手捧玉龙莲蓬后，掩面以广袖，新酿名桂花，香语存怀，你我饮中秋。

注：①红玉是作者爱人幼时昵称。该词写于1969年中秋。

七夕梦牵（其二）

七夕夜，萦魂梦断千里月。
千里月，
天桥鹊成，姗姗如约。
郎君梦何入奴怀，你梦牵得我梦来，
我梦来，
五泉约语，吾君须耐[①]。

注：①五泉，即兰州市五泉山公园，是作者与妻子曾约会游览之地。该词写于1969年"七夕"。

君问① (其三)

君问何期归?草窝滩溉时②,朔风一鼓冰千里,出作麻十指。

寒梦复依稀,紧拥红毛衣③,愿垦荒原田万畴,阡陌开铁犁④。

注:①君问:即爱人致书信询问归期。该诗写于1970年。

②草窝滩:是某山下的一片荒芜滩地,因风大缺水,无法垦种,当时国有备战备荒之策,甘肃省政府给作者所在企业下达垦荒万亩水田之令。该企即刻执行,先期以草窝滩为基地组织实施上水工程,将十几公里外的黄河水经五级泵站提灌新农场。临时住处是地窝子,竹板房,干打垒,有时吃冻馍冰饭。寒风扑面,沙覆夜被,条件十分艰苦。溉时:即等到能上水灌溉之时,就是完成上水工程。

③红毛衣:用棒针手工编织的红色毛衣。因条山特冷,又长时间野外劳作,爱人为作者专门手工编织此衣。

④将大片荒地分成块块耕地,水渠、道路、树木分格相隔,从高处远看就像连片阡陌。

心语寄情
——段双福诗集

正气如虹篇

再次参观中共一大会址

沪间小楼南湖舟,十二志士奋激流。
狂风暴雨卷恶浪,遥望一旗红潮头。
井冈星火初燃土,燎原擎炬彤九州。
民主革命三山倒,五星红旗扬全球。

江城子①
(民兵演射场)

老兵六十也发狂,举烈阳,着戎装,秋风吹卷,不惜两鬓霜。敢效廉颇尚能饭,凝右眸,轮勃朗。

追忆少时仇边狼,援弓镝,瞄靶桩,跌打滚爬,挥伴冲丘岗。枕戈至旦待召日,振家国,安邻邦。

注:①此诗作于1999年7月。

壮 心

拙眼瞻前疑程远,颤腿蹒步虑杖单。
静耳犹闻桐叶落,精体尚感秋携寒。
躯骨铮铮未息志,雄心跃跃尚使强。
莫道秋风无夏烈,敢教翠枫红满山。

国考遗思

见《文汇报》2013年10月24日24版,全国公务员考试,报名逾百万,地铁、公交、公共场所及路上之行人皆有诸多议论,有赞,有忧。

国考欲揽天下贤,趋之若鹜肩比肩。
握发吐哺求良士①,无使伊尹遗桑②间。
唯分难确优与劣,忠而有绩方为良。
秦桧殿试夺魁首,阿蒙才疏③读万卷。

注: ①握发吐哺:为国家礼贤下士,殷切求才。出自《史记·鲁周公世家》"然我一沐三捉发,一饭三吐哺,起以待士,犹恐失天下之贤人"。

②伊尹遗桑:伊尹是商朝开国大谋士,是史上有名的政治家,思想家。传说其出生在空桑中,被厨师领养,及壮成才。

③阿蒙才疏：《三国志·吴书·吕蒙传》说吴国的吕蒙（阿蒙）缺少才干，常被人议论。后被孙权指点后才开始读书，终成饱学之士。

调 资

比率调资出碍障，瘦羊博士①做何妨？
迎刃一解劳资困，舍己乐人道德张。
过河尚须摸石子，律法未臻酬待纲②。
唯企经济蒸蒸上，民富国强梦梦旺。

注：①瘦羊博士：东汉年间，每年岁祭之后，皇帝会下诏赐博士们每人一只羊，因为羊有大小肥瘦之分，有的人提议杀羊分肉以求平均，有人主张抓阄。博士甄宇对斤斤计较的分羊办法感到羞耻，就带头取了最瘦的那只羊，众人于是不再争执。光武帝闻此事，便询问："瘦羊博士安在？"于是，这一雅号传遍京师。

②酬待纲：劳动酬劳分配尚须纲领文件（或法令）完善。

午 钓[①]

老榆冠巨倾水央,翁席树下垂一竿。
强光裸底鱼无奈,直把荫处当匿渊。
恋念裂眦钩上饵,贪心放口试还婪。
浅漂微动总露警,钓翁洽时收邀顽。

注:①此诗作于2013年7月。

经天手[①]

男儿自有经天手,当聆萧竹不觅侯。[②]
山到水边知住脚,水不尽兴不回头。[③]
青史积墨[④]刀笔吏,天爵着彩亦罕靓。[⑤]
一生智慧日日新[⑥],青春本色是奋斗。

注:①经天手:指经天纬地之能力。
②聆萧竹:见郑板桥《墨竹图诗》"衙斋卧听萧萧竹,疑是民间疾苦声"。此处指要时时关注民间疾苦,而不是为了做官谋私利。
③做人要讲原则,有分寸,不能过头;而做事要有热情,有勇气,不把事情做好不罢休。
④青史积墨:指青史留名。但不是此不是雄心男儿应该考

虑或追求的事情。

⑤天爵：天然的爵位。此处指因德高而受到他人的尊敬。罕觐：很少见。此句意思是除了有好修养和有高德之外，男儿最好不要有其他意图。

⑥日日新：《礼记·大学》中"苟日新，日日新，又日新"，即人天天学习，必呈新面貌，此为一生之智。

梅岭揖烈①

梅花岭上云垂头，默揖英烈史公丘②。
志与扬城共生死③，独享寒梅度千秋④。
长存天地浩然气，扈拥草木亦风流。
天道风云常变化，人功何言志难酬。

注：①梅岭：在扬州古城北。明万历中，扬州知府吴秀浚河积土成丘，丘上植梅数百，故得此名。

②史公：史可法（1602-1645）。顺治二年（1645年），清军大举围攻扬州城，不久城破，史可法拒降遇害，尸体无法辨认，其衣冠葬于梅花岭。

③志与扬成共生死：扬州危急时，史可法誓言与城共存亡，并坚拒清将诱降。

④史可法闻城破，提刀出战，嘱部下若自己战死将尸体埋在梅花岭。后其义子史德威因寻骸不得，将其官服、笏板及衣冠遵嘱葬于梅花岭。

敬默烈女冢铭①

丹徒钱士女，视节同城重②。
城陷五自戕③，梅岭铭烈冢。
明了松山祭④，当效忠靖公⑤。
我族义薄天，夷倭焉逞凶！

注：①烈女冢铭：清代王猷定作《钱烈女墓志铭》。
②钱士女，为丹徒钱应式之女。清军围攻扬城时，钱女正在扬州寓居。
③五自戕：钱女在城破时先后五次用不同的方式（上吊、自焚、服毒、刀刎和用衣带自缢）自裁，前四次皆未成，最后一次终于如愿自尽。
④松山祭：洪承畴率兵守关外松山，兵败降清，崇祯以为洪已死节，设仪典九祭，后来知洪降清，切齿狠咒。
⑤忠靖公：史可法死后南明谥之为"忠靖"。

雷雨天

1976年是不宁静的一年，周总理和朱德先后去世，7月唐山大地震，9月伟大领袖毛主席逝世，有感而作。

风云忽变雨滂沱，雷电震宇鸟迷窝。
南天山头尚雾罩，北空艳阳靖霾浊。

心语寄情
——段双福诗集

诗程怀古篇

苏东坡

散文八魁苏占三①，东坡才气溢诗坛。
黄花一续谪黄州②，文狱百日乌台案③。
三妻王氏未终老④，两事宰辅未得安⑤。
不合时宜谁能识⑥，刚肠难得顺风帆。

注：①唐宋散文八大家，苏家父子三人入列。

②传苏轼访王安石，未遇，苏轼发现其书案上有未完诗句，便续两句："秋花不比春花落，吟与诗人仔细听。"有讽王安石对菊花不易吹落的片面认识。后王安石觉得苏轼恃才傲物，贬其到黄州。

③乌台诗案：指苏轼因不满王安石等人变法改革，以诗讥刺朝政，遂被人告发，后在御史台狱受审。御史台中有柏树，数千野乌鸦栖居其上，故称御史台为"乌台"。该事件也被称为"乌台诗案"。

④三妻：苏轼先后娶三个女人，即弗、闰之、朝云，皆王姓。苏轼与王弗生活十一年，与王闰之生活二十五年，与王朝云生活十一年，三妇都未能陪其终老。这三次妻亡对苏轼打击很大。尤其晚年，仕途连连受挫，生活上孤苦无助，苏轼终客死常州。

⑤两事宰辅：在王安石和司马光任宰辅时，苏轼多次遭贬，仕途坎坷。

⑥不合时宜：一次东坡问侍人自己腹中装有何物，仅王朝

云说："腹中满是不合时宜。"东坡大笑说："知我者,唯有朝云是也"。在朝云病逝后,东坡在墓旁建六如亭,写楹联："不合时宜,唯有朝云能识我。"

草堂仰圣①

壮怀致君绝顶志,②不抵诡奏野无贤③。
居无定所常迁徙,窘舟漂泊客陨湘④。
无干茅屋秋风破,犹系寒士庇万间⑤。
一生蹉跎铸诗圣,沉郁风骨⑥万世仰。

注:①草堂:即杜甫在成都的草堂。仰圣:有幸拜谒诗圣塑像。
②杜甫少时曾在《望岳》中有"会当凌绝顶,一览众山小"之句,表达了诗人的积极进取的精神和"致君尧舜上,再使风俗淳"远大的政治抱负。
③杜甫曾参加朝廷进士考试,但因宰相李林甫谎奏"野无遗贤"而未录取一人,使杜等皆未中。
④人生的最后两年,杜甫漂泊在岳阳、长沙、衡州之间。770年冬,穷困潦倒的他孤身一人在一叶扁舟之上去世。
⑤杜甫诗《茅屋为秋风所破歌》:"安得广厦千万间,大庇天下寒士俱欢颜,风雨不动安如山。"
⑥严羽在《沧浪诗话》评李杜诗时有"太白诗之飘逸""子美诗之沉郁"。

惋王勃①

少年才气横昆仑,洪都一序②天下闻。
倘若君弃交趾祸③,车载宏著折辕轮。
谢氏尝试斗衡才④,届时当却逊几分。
贾生悲吟《鵩鸟赋》,⑤天道何折天才人?

注:①王勃:初唐时的文学家,诗人,与卢照邻、杨炯、骆宾王并称"初唐四杰"。

②洪都一序:即王勃所著《滕王阁序》。

③交趾祸:王勃于676年至交趾看望其父,经海路回来时不幸溺水,惊悸而死,年二十七岁。

④谢氏,即南北朝时谢灵运。据《后山诗注》载:"谢灵运云:'天下才共一石,曹子建独得八斗,我得一斗,自古及今同用一斗……'"以斗量才。

⑤贾生,即汉时文学家贾谊,时人称其为贾生。《鵩鸟赋》是贾谊的悲寿之作。传鵩鸟为不祥之鸟,集于其舍,预言寿不久矣,故悲寿而作赋。贾生三十二岁时去世。

杜魂惊厦①

诗圣舟殒湘，一事不瞑然。
寒士尚无居，无庇何以堪。
魂虽离魄去，遗体横舟僵。
毅然驾鹤去，笃信能化缘。

时空越千载，空袖尚汗颜。
东归临吴楚②，惊疑换人间。
念念天下士，今已无谓寒。
目下经适房，厦高可摩天。
视见片片起，岂止千与万。③
雨来屋不漏，风吹安如山。
夜窗观明月，白昼室内昷④。
笑叹吾一生，仅存茅屋单。
后辈不嫌陋，吾缮力亦艰。
当今国敕令，州州皆筹建。

茅棚干垒窠，寻遗迹罕罕。
即便未康士⑤，颜憨无愁相。

灾难代代有，贫富朝朝然。

吾读西历史,亦明世态凉。
西世标民主,私重引资难。
欲改贫困貌,唯有国家强。

注:①杜即杜甫。诗人希望能有大厦千万间,大庇天下寒士。但他有心无力,自己都穷困潦倒,怎能护守寒士?

②杜甫客死湘地,属于吴楚之境。

③出自杜甫《茅屋为秋风所破歌》中有"安得广厦千万间,大庇天下寒士俱欢颜"。

④昷:日光照耀。

⑤未康士:当下尚有部分人或家庭未达小康水平。

诗仙与诗圣

唐人诗歌弥山高,李杜绝顶最堪豪。
历代骚客勤追崇,不似仙圣笔下涛。

黄 巢①

黄巢不第赋菊花，壮志待秋九月八。
一旦香气长安透，独恋龙庭意不发。
汉入秦宫封诊宝，闯旗下燕杆已斜。
志高略远称王缓，万庶无乐遗独家？

注：①此诗作于 1979 年 9 月。

心语寄情
——段双福诗集

乡韵浓情篇

迎 新[1]

除夕社火闹元春,炮仗震天新旧分。
弥空烟花消旧夜,偃鼓龙灯待新晨。
每年此刻增一寿,多感天运巧施情。
人生有幸逢盛世,居安何思祈佛灵。

注:①此诗作于 2012 年春节。

寻年俗

2013 年春节,为了使家中小孩了解农村过年串亲拜年及各处演社戏、耍龙灯、舞狮、踩高跷、爆竹烟花等习俗,全家到浙江农村农家乐过年,以开阔孩子们的眼界,捕捉、感受真正的年味。

城中年趣淡似水,驱车寻年到农家。
醇浆浓腊鸡豚足,准时交年爆烟花。
热糕糯团喜庆味,开门相揖呼尊爷。
社戏龙灯竞相舞,乡俗风情实无价。

新农家①

墅屋一落竹篱笆,径侧初绽桃李花。
阿婆舍后起嫩笋,翁亲溪边吆稚鸭。
西侧青青时令蔬,南埂架架悠嫩瓜。
山外暮云筹细雨,枝头鹊报客至家。

注:①此诗作于 2014 年。

寄江南耕兄①

收三堂兄来信,知其夜耕之辛劳后不胜感慨,遂作此诗。

月下秋风入怀凉,赤膊夜耕仍洒汗。
吆鞭水牛更跑快,只为备荒多储粮。

注:①耕兄:即三堂兄锁庆,在老家务农。

春 垦①

在备战备荒之国策下,我所在的企业在甘肃一条山大荒原上垦荒种地。我们分得万余亩,经数月努力,阡陌纵横,万亩田已修成,只待下种。

千年荒野今唤醒,纵横阡陌田万顷。
洒向春风几身汗,换却秋来满仓金。

注:①写于1970年春一条山农场垦地。

渔 泅①

寒浜枯叶荡微漪,疏苇沾雪杆倾西。
渔泅须下扣眠物,鹭鸟惊鸣来年饥。

注:①冬天鱼眠于河树根须下或污泥内,渔者身穿捕鱼裤下河顺着根须而渔,称之为渔泅。

瓜农自销

背天面地务瓜难,串街逛市售亦艰。
磨得舌燥汗湿衫,犹愿当午烈日炎。

渔　者

雁影掠湖初来秋,夕阳片网一孤舟。
风轻浪微时节好,一望便知网好收。

采藕女

卷起七分裤,撩系短罗衫。
冠以遮阳帽,赤足下泥潭。
索茎拽藕起,混濯入箩篮。
池角遗莲蕾,嬉插发上簪。
诧见岸上客,红颊映夕阳。
讪问何时至,可怪此妆扮?
笑答刚到此,赏心悦目样。

晚秋遗莲①

池角遗莲独称荷,红退绿瘦霜凌多。
今番无争孤自赏,欲于来世争风波。

注: ①写于 2010 年秋。

竹根志

笯鞭无序蔓地生①,坐节钻石扎须根。
觉是无则皆有志,逢雨笋笋奋拔身。

注:①笯:竹根,坚韧绵长,似鞭有节,笋随根生。

空 竹①

空竹嗡嗡腾飞鸣,上下翻升任纵情。
一系套牢更驱舞,任尔转旋不离心。

注:①空竹,是一种民间传统玩具。

倚扉望

改革开放后，国家建设步伐加快，很多农村青年离乡加入国家建设大潮中。男青年去开放城市一试身手，年轻女子尚在家乡观望。恋爱的女子急盼外出打工的男子归来，以安悬心。

春即叩柴扉，敞堂迎燕回。
万里香缀路，哥心可思归？

立 春①

改革开放的春风逐步吹醒了民众，逐步显现出新的大发展势头。又一个春天来了，一切都焕发出新的生机。

春风悄语唤故枝，不该沉睡不觉时。
天光润好晓前雨，山野妆绿柳吐丝。

注：①写于1982年3月。

归 燕

寒来逐梦去,春至复回归。
傍暮风啄泥,烟柳穿雨飞。
缮巢竞早晚,集液凝新垒。
一生无奢图,竭心哺雏辈。

——心语寄情
段双福诗集

四季蕴华篇

春

春育百花随风回,悄然入园悄然归。
黄莺相呼追新色,不觉枝头果蕾累。

樱 园①

三春旭柔偎,樱园放葳蕤。
弥香生层云,花锦惹客醉。
粉颜融瓣色,丹唇乱新蕾。
春日无限好,万树红润飞。

注:①此诗作于 2012 年

海棠春雨

　　海棠，又名相思草。春雨迟来，微风拂耳。又闻莺语，精神颇振奋。虽有雨点情伤，但抖去晶珠，花的红色毫不褪去，仍然温润，色彩美丽。

　　姗姗春雨洒苑中，娓娓柔声附耳风。
　　海棠晓初闻莺语，抖碎晶珠不落红。

开　春

春风漫步柳岸酥，暖阳枝头点绿珠。
宅后鸭声呼群看，蹚足入冰和凌浮。

寻 芳

一园春色万象新,天光润好蕴激情。
寻芳不负时节好,繁华落尽无知音。

槐 花

雨后清晨,有几位妇女见净白清嫩的串串槐花,用钩子、剪子裁下,满载而归。

串串花蕊满枝挂,三五少妇采槐花。
言归可食汤与饼,不逊珍馐与醢①粑。

注:①醢,用鱼肉制成的酱。

路 柳

左摇右摆东西斜,争先恐后追风怀。
飞廉不眷①潇然②去,留得金枝见荣衰。

注:①飞廉:亦作蜚廉,是古代汉族神话传说中的风神。不眷:不眷顾。
②潇然:脱俗不羁貌。

蒲公英①

蒲絮乘风舞霓裳,自在任飘姿也狂。
只须来年春雨至,又是缤纷扮世妆。

注:①此诗作于 2011 年 8 月。

秋　气

金风入林警秋声，落叶飘黄仍恋恩。
小鸟妄解秋气意，藉风颉颃①得意鸣。

注：①颉颃：鸟儿借着风力上下翻飞，自鸣得意。

秋　柳

黄叶落尽水尚飘，冷风摇残瘦干条。
稚童不屑绾翠饰①，牧人无趣做嫩哨。
夜鸦惊栖枝头寒，俏月不隐无青梢。
秋波疏鉴亡色影，自在水边叹零落。

注：①绾：把长东西盘绕成需要的形状。绾翠饰：翠柳枝条常被缠绾成饰物。

露 菊

夜来无息形缥缈①,晓见黄花满苑傲②。
初识天地交感气③,晨风靳收蹊上潮。④

注:①指夜里下露时,无声无息,如气缥缈。
②傲:即菊花傲岸不屈,比喻其正直、文雅的品质。
③天地交感气:三国时,钟会在《菊花赋》中认为菊花是天地之气交感而生,以此象征天道所在。
④靳:小气吝惜之意。蹊:小路。潮:露水。全句意为风收露水一点不留。

庭 梅①

寒雀雪融落梅枝,温酒堂前旧影移。
凛冽风云渐远去,一夜新风一树奇。

注:①此诗作于1976年冬。

初冬雪①

白盐柳絮满撒飘②,欲托醉风随缥缈。
囡妮捧手追落花,稚颜浮髦③作泪绡。

注:①该诗作于2013年初冬。
②东晋谢安以冬雪为引,吟"冬雪飘飘何所似"句以试探子侄。其侄谢郎对曰:"撒盐空中若可拟。"其侄女谢道韫曰:"未若柳絮因风起。""柳絮"一喻因此而成古诗佳话。
③浮髦:髦,额前之发,浮髦指落浮在额前发上之雪。

寒 梅

梅质独艳冬,冰雪傲不躬。
瓣坠尤粉色,宁尘不附风。
蕾自迎阳放,艳不隔墙容。
春芳百花汇,梅香独纯浓。

溪头梅[1]

溪头数株傲霜花,枝头从不落黑鸦。
冰天犹邀岁寒友,雪地更托腊月霞。

注:①此诗作于2007年冬。

挚 友

春,是忠诚于大自然和各类生物的挚友,能按时到来。她的到来使自然界欣欣向荣,生机盎然。冰封的严冬渐去,青山绿野,万物从南向北逐次苏生。

春似挚友不爽约,逆寒融冰潇洒来。
细雨无声润枯土,青山绿野逐界开。

西 园①

春光一夜风稍尽,樱花怨落满地旋。
天运有则与时进,莺将春色啼出园。

注:①此诗作于2012年太仓西园观落樱。

桂园拾粹（四首）

桂园,即上海桂林公园,位于徐汇区,始建于1929年,曾在战争中两次被毁。1933年、1957年分别修缮和扩建。现占地60亩。园内有桂树1000多株,23个品种。秋季桂香四溢,吸引路过之人。1985年该园又向东扩,增建楼台亭榭等。桂林公园是上海市重要游玩景区之一。

桂园香溢（其一）

千株桂木成一园,游兴高致辨品详。
一阵轻风林间过,园外十里飘桂香。

桂园深秋（其二）

轻风过园花粉粉，径阶黄白①布几层。
漫步犹恐香欲碎，归来花魂索心身。

注：①黄白：金桂花金黄色，银桂花白色，桂树有金桂银桂之分。

狂风掠桂（其三）

狂风掠桂桂失幽，英落旋地向无求。
自信来年中秋夜，酬客香品又枝头。

暴雨虐桂（其四）

昨夜狂雨虐桂园，摧落艳朵地流香。
晓前子叶尚含泪，阳光枝头苞又绽。

心语寄情
——段双福诗集

生有所悟篇

学而无尽

知如垒石高无凭,书山可攀径唯勤。
强风劲拔浅根树,寒天先结死水冰。
程门立雪求知道,悬发刺股专研心。
丈夫当立顶天志,万里征途足下行。

迎春花

一夜飞雪花落黄,风吹寒夺任凌伤。
昨日芳枝未赏取,今晨怨情已断肠。
苍暮入睑一片默,意念扰胸万方茫。
悔已无计复旧事,盼将长筹锁清芳。

天功成物

一辉拂扶桑,万壑耀辉煌。
四海波风暖,千峰耸天昂。
近竹拔节声,绿野沐阳光。
草木欣欣荣,乡风淳淳畅。

初心长持

主义久践因理真,信仰长持终必成。
高擎一帜前招展,紧趋万方奋斗人。

纳 凉

庭前明月树间疏,杯中风影叶婆娑。
举头欲问天上月,他地亲朋亦如否?

舒 畅

今解怀苦高铁开①,不用牵肠愁何来。
阅尽霸陵堤上柳②,未见伤别折枝哀。
况欲慰存隔空语,更有视频最青睐。
科技创新与时进,亿民乐安舒畅怀。

注: ①怀苦:我国地域辽阔,之前交通不便,亲友因互相怀念,久而愁苦。现高铁已开通而解愁。

②古时长安东行之人,必经霸陵桥,送行之人在此折柳以别。

孤 鸿

落孤鸿号野,临昏复何求?
但识衡阳浦,魂不他乡流。
向阅千山秀,倩影万水留。
逆风练劲羽,徙磨刚毅就。

志 学

同在堂下坐,承师皆同人。
骉骊①腾千里,驹子宜早骋。
窗外鸟雀噪,知了附枝鸣。
唯我读仙圣②,志在鹄搏云③。

注:①骉骊:骏马名,行速极快。
②仙圣:即诗仙李白、诗圣杜甫,此处指李杜之诗。
③鹄:天鹅,此处比喻高远的志向。

秋　燥①

惧寂云掩月，绪乱风摧门。
伤秋草心枯，窗寒孤雁声。
薄衾寒彻夜，口焦杯无温。
出踱尘及踝，残秋何似春。

注：①此诗作于 1975 年秋。

秋雨夜沉①

细雨冷风夜袭人，衾不耐寒知秋深。
梦幻涟漪波及远，闹明群鸟噪噪晨。

注：①此诗作于 1974 年 10 月。

恩[1]

天降生机是永恒,春夏秋冬四季轮。
阳光雨露细品味,急风暴雨亦天恩。

注:[1]此诗作于1986年。

观　峰

刚拙自信故旧稀,松竹花鸟好友谊。
返身眷野看峰处,片霾碎雾日卷晞。

寿[1]

八十四与七十三,古谚人寿两道坎。
孔孟虽圣未能越,庶民欲寿高难攀。
背井求生谁医保,天灾人祸寿何谈?
广义小康今实现,身旅古稀普世间。
彭仙长寿谁得知,当今扁鹊济百年。

注:[1]此诗作于2017年2月。

人 生

生如无揖舟,任其自然流。
可泊且暂泊,得坻亦逗留。
如若杜工部,老病尚漂游。①
再如诗仙状,醉舟揽月浮。②
不似贾生悲,遇鸟亦鹏赋。③
有生且是福,何计劳与酬。
生可扬高帆,老去无所愁。
有幸逢盛世,人生更何求。

注:①杜工部:即杜甫,曾任工部侍郎。杜甫生命的最后几年,独自乘舟孤游,穷困潦倒,客死湘江舟上。

②诗仙:即李白。李白被谪至夜郎,半途遇赦后,返当涂,此时身体已病,喝醉酒后乘船追揽水中映月,落溺而亡。

③贾生:汉时贾谊。年轻怀才,因鹏鸟落于庭院,以为不吉之鸟,遇之不寿,遂作《鹏鸟赋》,郁郁而终。

漕河夜影①

一湾清流月荡舟，两岸垂枝争风流。
厦灯乱悠蹭星位②，芦下独立静眠鸥。

注：①此诗作于 2014 年 8 月。漕河：上海徐汇区漕河泾。
②河两边高楼灯光与天上星星映在河水中晃动，似灯欲占星之位。

春 秋

春秋何极，翩翩耄耋。①
或称壮少，七旬古稀。
始期百岁，背向迢极。
古之彭仙，神化诡奇。
今之广访，乡多期颐②。
社和民谐，心畅气怡。
千万华佗，恙偶即医。
十纪可攀，百五亦期③。
绵寿延年，不再虚企。

注：①耄耋：七八十岁的老人。

②期颐：对百岁老人的称谓。
③十纪：一纪为十二年，十纪即一百二十年。

天 年

吾非彼山木①，材与不材间。
无惩无妒恨，亦当终天年。②
心随身之所，不为物所分。
昼曜昭昭日，夜有平安更。
盛世天下足，何须遁隐生？

注：①山木：庄子《南华真经·外篇》有《山木》一篇，由九则寓言故事组成。本诗引用的是第一则"庄子行于山"，讲的是山中一棵大树因不成材而未遭砍伐终享天年的故事，以诡奇的想象表达深邃的人生哲理。

②该句出自《庄子·外篇·山木》"材与不材之间，似之而非也，故未免乎累"。意思是处于成材与不成材之间，好像合于大道却并非真正与大道相合，所以这样不能免于拘束与劳累。

心语寄情
——段双福诗集

随感随笔篇

谒岳坟

2009年8月陪亲友游杭州，并专往岳王庙拜谒。余有三仰之机，静默良久，愤情横生，遂成拙句。

每谒岳坟添义愤，指问何朝无冤魂。
青山处可埋忠骨，法枷何漏锁奸佞。
清规可约自律士，戒律不束狂妄臣。
德法并举自清浊，清明莫须风波亭。

再谒鄂王坟[①]

谒王青冢意沉沉，眄桧罪跪怒愤愤[②]。
大奸誓忠长惑主，无獬辨奸史痕深。
行云经此常悲雨，清风拊过亦除坌[③]。
光透碑心《满江红》，天阙无意何处恩。

注：①2012年夏，又游西湖，深怀崇敬之情再次拜谒岳庙。鄂王：岳飞的封号。

②眄：斜着眼睛看。

③坌：覆物之灰尘。此指清风不让灰尘着墓身，使之保持清洁。

竹林茅舍[1]

高竹相合小庭静,斜径垫石苔未侵。
轻茅竹舍挡寒暑,风和气清友来频。
微风涟漪起静水,宽容宏略湖且平。
约见黄叶未必秋,莫把风作当雨令。

注:①此诗作于1975年。

乔生泣坟[1]

曾闻报道乔安生去了雷锋墓祭扫,并恸情泣泪。1993年,余终于有机会去抚顺扫墓,看见雷锋墓上有松柏花丛,遂作此诗。

乔生默对雷锋坟,满面泪流洗染尘。
秋去春来三十载,青松翠柏枝叠生。
莫道精魂漂洋去[2],三月鲜花处处春。
英模风范繁花续,九州比比志愿人[3]。

注:①乔生:乔安生,雷锋的战友。
②漂洋去:有报道说雷锋精神已传播海外。
③志愿人:志愿者以雷锋为榜样,全心全意为人民做好事。

兰炼①春秋

不惑回首忆春秋,历历往迹丹青留。
"一五"奋图强国志,炼化首企诞兰州。
两剂②始绽自立路,五朵金花③添锦绣。
春风又拓机遇路,巨毫挥训创一流。④

注: ①兰炼:即兰州炼油厂,是新中国的首座大型炼油企业。

②两剂:本企业研发的催化剂和添加剂,是炼油工艺中必须加入的,可提高油品的质量和产量。

③五朵金花:是本厂自己研发并投产的炼油工艺下游产品的装置,对降低成本提高效益、增加企业产品样种、扩大销售、增加利润起到很大作用。

④巨毫挥训:此处指江泽民同志视察兰炼厂时题"高严细实,争创一流",兰炼以此为厂训。

河道清夫①

漕河水上放小舟,眼疾棹巧横逆游。
手持抄网非渔器,更无鸬鹚立船头。
捞尽水面无遗处,不教污染浊清流。
一年三百六十日,恰似横戈戮倭仇。

注:①此诗作于2015年5月。

无 题

亿贯家产有何妨,青烟一缕①万事茫。
金谷②满溢珍宝气,绿珠坠陨入银铛。③

注:①青烟一缕:此处指死后被焚化,魂如青烟散去。

②金谷:即晋时石崇所建金谷园。园内建筑豪华,并藏石崇多年收集的各种稀世珍宝。

③绿珠:是石崇从民间抢占的贫民美女。该女被迫从崇,养在金谷园。后因西晋八王之乱,有人强权欲夺得绿珠及宝物,绿珠因此跳楼坠亡,石崇随后也被捕入牢,并死于狱中。

茅台宴①

市场经济衍生出大宴宾客之风,使酒价飙升,宴席高攀无禁,滥饮成风,浪费令人瞠目,败坏社会风气,故作此诗,以警世人。

一樽茅台价千金,狂客举觥笑频频。
狼藉一席略计值,当得农人一年辛。

注:①此诗作于 1998 年。

健身舞

九州处处歌与舞,燕莺展翅叹弗如。
晨风晚絮声细细,紫扇红带扭婆娑。

尚　德

春去春来世世同，八方祈寿堪为庸。
心和尚德多善事，何求神仙福寿拱。

大　厨

精心料理掌控炉，欠功不熟过火煳。
识得天下物本性，经世风候方自如。

硕 腹[1]

硕腹稽首艰堪虔,蒲团合十祈佛仙。
顶透五内亏则法,忘却禅外尚有天。

注：①此诗作于2015年。

行车忌

车奋陡途忌摁喇,放速恐遇侧悬崖。
最防雪覆卧冰路,冰弯煞急心惊滑。

晨　寺

晨风醒古寺，经堂染红曦。
薄雾开幽径，浓露播花畦。
高林披五彩，巅峰派三溪。
万类储力发，布谷号竞犁。

峰　晓

力风摧朽木，暴雨涤尘埃。
晨曦普照处，山花烂漫开。
千峰逾苍翠，万竿竟成材。
鸟鸣欢四谷，清气畅九派。

女　怨（四首）

茶余饭后纳凉，无聊闲议各种趣闻轶事，有人绘声绘色地讲出，余甚觉有趣，遂以诗记之。

罗女怨（其一）

秋风雁鸣归，一孤哀吟随。
奴原罗家女，被伊锁深闺。
别墅五百平，四邻相互讳。
唯有波斯猫，与奴相亲昵。
抚脊询伊行，应我喵喵音。
俯首问归期，双眸迷茫情。
抚胸问伊心，立身摇尾勤。
八月猫尚燥，尔何无归心？

秦淮舟梦（其二）

秦淮河上但泛舟，十年不忘水上楼。
丝竹声声飘空越，红灯盈盈载满舸。
行云常聚疑天阙，群星眨眼辨汉河。
长浸糟酿迷昏眼，一觉悟来方梦柯。

掰 手（其三）

君情如水难截留，帐空帘外云悠悠。
宠极返移怅月影，清冷烦热两重愁。
顾品昨日旦旦誓，遗情长夜梦梦求。
自此不信菊下径，黄昏独怜风岸柳。

盼（其四）

月光无力风叩扉，衾被微启蹙凝眉。
贾人誓我三日返，奈得抱枕两季偎。

心语寄情
——段双福诗集

杂诗收遗篇

靖河挑夫

　　1979年，余出差靖江，投宿的旅馆旁边有条河，目睹河边挑夫挑卸船上的煤炭，汗流浃背。余悯而问之，挑夫们草草应答，不愿多言。遂以诗记之。

　　靖河畔，天微亮，临岸埠头①泊炭船。
　　工头呼得十数人，每人肩头两桶担。
　　实担去，空担还，自晨至昏百趟返。
　　吆声急，怨声慢，整日奔跑无息肩。
　　脚板磨血泡，肩头茧挂衫。
　　挑夫面呈黧黑色，乌黑②汗巾从未干。
　　无月夜，天已暗，归路迷迷步蹒跚。
　　精已疲，躯骨弯，能讨青蚨③几许还？
　　心如焚，举步艰，盖有老幼倚门盼。
　　俗语开门七件事，待夫归筹柴米盐。④
　　挑夫哪顾筋骨断，明日有挑仍是盼。

注：①埠头：临时泊船的小码头。
　②乌黑：煤尘与汗水混合后的颜色。
　③青蚨：古铜钱的别称。
　④七件事：柴米油盐酱醋茶。归筹：家中的妻子等丈夫回来，以其挣回的钱筹划购买家用。

曲背翁

阳光启新晨,垃杂提出门。
出门见一翁,杖助蹒跚行。
目光滞似呆,迎面口微开。
指吾手拎物,"此非不要哉?"
遂将能收物,一并装其袋。
请问:"您何庚,为何操此营?
况您行不便,夜方收幕屏?"
翁者听问语,眶中珠泪盈:
"人皆为子女,我境难言明。
早年忙碌碌,束腹手抠零。
节省为独子,望其成龙鳞。
及至入大学,家徒四壁贫。
待其毕业后,估摸家可宁。
未料要出国,深造成精英。
手头无能力,卖房壮其行。
斯此不孝子,六年渺无音。
前年老伴死,余生独伶仃。
去岁患脑梗,救后遗病根。
虽有低保助,愧对众人情。
吾人同日月,为何层次分?
回想自作孽,教子未德先。

致使憎恐穷，一味追富行。
大言国外好，望祖不念根。
在家初显露，言行已失仁。
求知失道德，不如无知人。
原本三口好，不寒心尚温。
如今家已碎，余我苦伶仃。
趁早街人少，拾荒找些零。
未死尚得过，自力度晚程。"
言罢急急去，怜哉曲背翁！

故乡行①

秋气往向寒，落叶省故乡。
寻得老故旧，皓首相辨看。
追昔玩时友，屈指去逾半。
闲步母校舍，后墙塌无缮。
欲察方探首，鸟扑尘弥漫。
探安投一石，门口鼠狗窜。
蛛网多遮目，天洞漏斜阳。
柱木露朽迹，霉色上主梁。

门左嵌石镌,空空皆不详。
克己奉公匾,扬风百余年。
问人遗何处?答曰成柴爿。
西侧老水塘,芦与污物满。
庠序徙远路,雨雪童行艰。
拔除穷愚根,育人更应先。
此系宗祠堂,乡学兴开办。
"文革"留残迹,社企又包占。
公益损无睹,史迹成片烟。
乡所视不见,村村图暂安。
户户起新楼,新居挤禾田,

旧舍尚未拆,菟丝爬墙垣。
富庶数吴越,旧忆貌已淡。
甲里欠统筹,大康何企盼。
急盼公仆者,长策建示范。

注:①此诗作于 2012 年 10 月。

钢印拓心

曾记弱冠时，母嘱毋忘耻。
惊心成往矣，忽忽一甲子。
年久成淡影，往事揭旧忆。
祖母亲胞妹，嫁与邻村妻。
日寇侵宁日，一路呈杀机。
先掠沪宁边，乡状惨兮兮。
彼村临铁路，村民皆逃避。
野无高岗伏，唯往低处匿。
姨祖与其子，躲身水塘隙。
寇贼持枪逐，似用铁梳篦。
发觉水边人，不论妇与幼。
端枪横梭子，姨祖与子毙。
塘水染红色，日痞笑口咧。

同村一产妇。弱与儿卧席。
一队侵华寇，畜生生淫意。
月婴夺怀去，掷之埂边溪。
兵痞得意去，产妇命一息。
病狂与残忍，无词描寇倭。

牧童怅徜徉，水牛逃尚急。

鬼子先射倒，举刀复猛刺。
童勇斥痞子，鬼头用枪胁。
一托更三刺，愤血溅贼衣。
埂上尸纵横，田内血污泥。
霎时饕餮状，魍形露无遗。
公鸡愤咯咯，母鸡上垣堤。
勇犬怒龇牙，怯犬在野吠。
惊猪窜栅出，惨遭寇逮围。
人已无刻宁，寇畜同一类。

当年侵略者，本性尚传遗。
现今执耳夫①，起尸欲还魂。
怨其岛国小，觊觎蠢蠢习。
不得他疆兮，躁心常不已。
寄情靖国社，拜崇战犯列。
以鬼煽右情，再诬他国胁。
先颠"三原则"②，继改"和平宪"③。
二战战败者，野心尚未灭。
机关精算尽，徒劳且无益。
当今邻贼者，时时高警惕。
一旦有隙乘，必然发突袭。
和平主流意，盗者无善歇。
揭击其阴谋，不留乘机隙。

注：①执耳夫：即当今日本部分执政者。
②三原则：日本战败后制定了武器出口三原则。
③"和平宪"：是日本二战后在盟军占领时期所撰写的，主要是确定了日本政府的议会制。"和平宪法"最著名的地方是其第九条："放弃发动战争的权利"。修正后的宪法废除了第九条。

采菱新妇

洞房百烛蕊尚红，院落内外喜耀彤。
亲友相送扶醉客，新人仍品香梦中。

忽有村姑呼邻邦，相约采菱下河浜。
破晓呼声入红帏，新妇蹑脚怕惊郎。

镜前微理乱云鬓，情势不着新娘装。
轻启房门追姐妹，不教众人俏言浪。

众人拨水漾复漾，笑语盈盈争向前。
新妇放盆脚蹬岸，舟似飞箭穿排杨。

各人前伏椭盆沿，眼疾手快各争先。
新妇双手作桨橹，左采右采荡涟涟。

来时水中星星满，迅间初阳照菱盘。
个个闷头勤采摘，不觉人人筐溢漫。

鸟儿嬉戏树枝绕，鱼儿相逐跃水面。
村中牛哞鸭声噪，晨光透水照红颜。

一妇使逗眼，众人会心看。
轻棹暂围拢，嬉戏向新娘。
邻姑询花烛，阿嫂谑宿鸳。
姒娣追房情，新妇羞脸丹。

众妇仰天笑，新妇嗔语掩。
水中显潜影，出水惊妇前。

众妇惊定视，新郎戏睡莲。
新娘瞋迷眼，罚担菱具还。

勤劳先享太阳光，庄内田间处处忙。
农人胸有三农策，合心集体奔康庄。

老人·小区·狗

城市扩建农户迁,商楼开发三四年。
五位老人思故土,相约有生探故园。

相熟浜水水映天,新桥斜索旧桥快。
记得过桥右百步,便是我等老舍院。

寻寻觅觅寻参照,忽然闪出一保安。
你们几个靠边站,此等新居非游闲。

我等原是老居民,结伴至此看一眼。
忆中房景与田舍,如今开发变啥样。

保安无端瞪双眼,小区业主不一般。
我们视其为上帝,不让他足涉其间。

身心系此几十年,眼见故土心里甜。
汝辈哪懂老人心,一生情愫结永缘。

闪来一位大腹客,自点鼻头"说了算"。
尔等田舍已卖出,还有什么可留恋?

土地全是国家有，只是承包三十年。
小区管理新规定，非是业主徒枉然！

院内忽出一少妇，手牵小犬步姗姗。
保安唤犬小阿弟，叫声阿姨勤搭讪。

几位老人翻白眼，心中疑惑口喃喃：
洋人欺我定横律，华人与狗不入园。
当下有人袭洋风，不做主人犯奴相。
我们地位谁给定，有钱业主狗也强。

身旁忽跃一少年，沉沉书包仍在肩：
各位爷奶别愠慊，商人无情只恋钱。
以前上学有近路，路被商化圈入园。
无奈绕行五千米，无端消我好时间。

天色茫茫心已凉，热情满满遭此殃。
灰心已使百趣没，丧气归程步蹒跚。

故园旧舍魂魄散，眼前高楼与围墙。
老身行将西行去，何计故乡不故乡。

鸭 殇①

20世纪80年代，乡镇企业迅猛发展，给我国经济发展带来很大活力。但有些个别经营者忽视环境保护，在发展经济时以牺牲环境为代价，破坏了生态。后发现问题开始恢复生态治理。

栅篱晨启群鸭飞，扑棱翅膀穿嫩苇。
小河开怀迎新客，柳岸侧畔露疏薇。

头鸭回首示同类，拍翅踏水呼群随。
随者相继汀头止，振翅抖水环成围。

首鸭伸颈开张嘴，尚未发腔泪先垂：
往昔祖辈常息此，今上此址心欲碎。

原本岸边茵茵绿，滨内活流水清清。
小花嬉蜂舞彩蝶，仔鱼追逐摆柳影。

雨后稻田水潺潺，彩虹远柱山巍巍。
牛羊贯临河边饮，蛙声鸟语相交鸣。

滩东菱角间红绿，汀西微风逗睡莲。

稚蛙蓬上小歇脚，蜻蜓戏水波盈盈。

傍晚舍中主传饲，鸡鸭扑翅争相归。
慢鹅呆步向栅院，大畜乐背夕阳回。

我类体硕肉鲜美，愿酬饲情献人类。
松花咸蛋味上品，助餐待客溢酒兴。

我类本为人所爱，祭祖奉我上几台。
羽绒保暖絮衾被，酱烤两肴名品牌。

自从村头建工厂，天空陡被黑龙缠。
往谚云黑示风雨，而今烟罩不离散。

水中常漂无名物，羽沾黏汁濯涤难。
先前河水能镜物，后遭污侵不映天。

祖辈代代喜沐雨，谁知后时雨带酸。
眼沾酸雨痛难忍，多辈幼时半明暗。

有时滨中渗毒水，蝌蚪仔鱼游无章。
祖辈误食皆中毒，归舍一夜过半亡。
苏丹红，禽流感，皆是我辈灭顶难[②]。

往事萦脑伤心极,尚有余悸心未安。
原本我类惧狼狐,此种浑人猛狐狼。

所幸环境被重视,污染源头重整治。
但愿当今饲我者,不逆法规顺民情。

众鸭起始静静听,少时唏嘘片片声。
伸脖环视环境好,拍翅呱呱相欢庆。

注: ①殇,指未成年而死或指死难者。

②苏丹红:是一种有毒有害物,不法饲禽者将其掺在饲料中喂养,以增加售蛋观感,提高售价获利。后被查处禁用。禽流感:是禽类一种流行传染病,对禽类损伤很大。

楼前槐

楼前一树槐，无考何人栽。
目丈高百尺，杆径四臂怀。
根系纵横入，冠荫十丈外。
晨练太极翁，群扇舞晚彩。
童戏绕树逐，朗声志学儿。
常有论政客，聆者环席排。
夜栖单飞鸟，倦月常依挨。
三伏荫倦旅，暴凌躯不斜。
遥望叶蓁蓁[1]，知其本末[2]态。
仪容堂正正[3]，其能冠四海。[4]
一树集精气，人与自然谐。
积荫人常聚，善地客复来。

注：[1]见《诗经·周南·桃夭》，蓁蓁：长势蓬勃茂盛。

[2]本即树之主干，末即枝节。

[3]见《诗经·曹风·鸤鸠》，正正：指树的长势向上匀称，自然顺畅。

[4]意为树大，可为其他树之典范。

西北大厦

20世纪50年代,余至兰州,听说有三层楼宇,曰"西北大厦",造型奇特,好奇往观。始不以为然,嗤之称厦。后待请教老者及旁楼观远,方觉蕴异。以崖势之高,尽目两山峡地,原金城全貌一并可览。面黄河而峙白塔,沿丝路可铎驮马。虽闲置欲毁,仍传寿百年。以百多年前的技术及经济落后状况,在兰州尚无楼宇实形的情况下,建了当时兰州的唯一三层楼。不知当年何人之智,劈崖三层而建厦,堪称风水设计专家。后来,此楼被拆,地转他用,但印象至今仍存。于是将当年用诗语留下碎句,整理成文。

金城昔高楼,名号西北厦。
依凭狗娃山,斫坡三梯崖。①
石基上垒坯,木檐眺晚霞。
三层原始楼,陇上唯一家。
特邀大儒墨,挥毫称大厦。
飞鸟惊之异,路人望叹讶。
西北风情古,世代窑居家。
曾为标志筑,一朵陇原花。
势高送目远,俯览城无旮。
晨观炊烟袅,昏看市易罢。

丝程东西延,侧厩饲驻马。
冷夜河涛近,对峙与白塔。
风雨历百年,后成茶余话。
成毁有天然,其智堪称家。

注:①斫(zhuó):砍削。三梯崖:按楼层高度斫

心语寄情
——段双福诗集

古文纳遗篇

海游赋

幸哉！子辈贤也。吾尝有奢梦，乘艅艎而海游，今逾七旬，梦成真矣！

癸巳春日，其寒稍让，媳于网订，趁春轮游。所乘邮轮，号曰维多利亚，传称豪华。往返于中韩，五日为期。于是，欣然而往，以飨夙愿。遂与妻偕子舅及妗，皆圆怀梦，结伴而行。

昔闻泰坦尼克，号西方之骄作，聚富贵者游也。其轮艇之巨大，听闻之赫然。邮轮设施之高档，装饰之豪华，游具之尽美，娱乐之齐集，无所不周也。其高傲炫目，人所共羡。叹彼触沉，惊世骇闻。唏嘘之声，百年不已。然人之志向，不以偶出事故而弃止；当引此为戒更欲创新而前行。期冀登新轮而海游，享受海洋风光者比比皆是；然终因囊中羞涩而望洋兴叹者不乏其人。凡事前瞻，终有转机，锲而不舍，事总有成。时盛囊裕，遂成自然。

及行之日，乐情盈盈。遐天遥遥，思绪云荡。环观斯轮，众皆赞叹，矗天数十仞之高，直接浮云；绵长百寻之莽，首尾不顾。仰视悬窗连宇，似天景临凡；巨艇切海深入，如仙岛兀立。室达九百多间，承载三千余客。万灯齐耀，辉煌充宇。玄立于篮海之上，惑疑天庭之于人间。

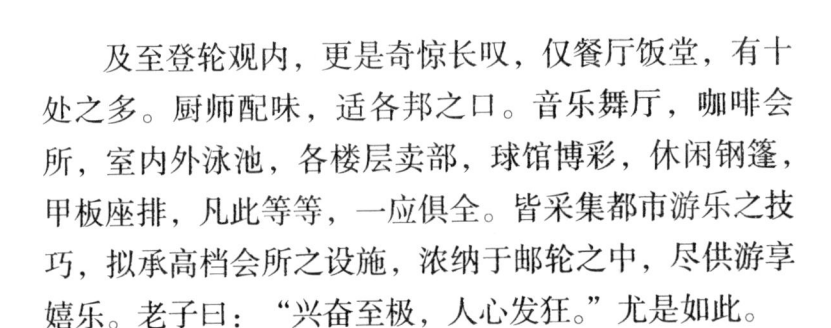

及至登轮观内,更是奇惊长叹,仅餐厅饭堂,有十处之多。厨师配味,适各邦之口。音乐舞厅,咖啡会所,室内外泳池,各楼层卖部,球馆博彩,休闲钢篷,甲板座排,凡此等等,一应俱全。皆采集都市游乐之技巧,拟承高档会所之设施,浓纳于邮轮之中,尽供游享嬉乐。老子曰:"兴奋至极,人心发狂。"尤是如此。

次晨,甲板临曦,各客惊兀,两舷廊下,嬉声远扬。约千余海鸥,随我艇而翱翔。唛唛之声,此起彼伏。相应相融,人禽和平。众客掷食于空,多鸟颉颃而争。或有漏叨,遂束羽俯冲,衔而食之。有客张掌与饲,飞鸥无怔而噙。继观艇尾之鸥,平翅浮翔,专目忘形嬉鱼,俯冲直啄,有获坐浪,随波起伏。有鸥凫泅,少时高扬其首,似吞渔果。如是与鸥群相近亲饲,相嬉与语,欢笑数时,多称平生之首次也。多有摄者,捉一瞬之姿景,集百势之态影。又留宝趣而后乐,亦与亲朋共享其乐也。

若夫风轻浪微,意气凭栏。千顷碧波,万空云淡,海天色通,穹际湛蓝。极目横一,远接空疆。探约五山仙所之踪,查究徐福童舟之辙。更腹有底绪之潜情,急欲借此游而体验。是时,心随海潮而澎湃,神驭巨涛而播远。浪花涤净胸中之埃尘,清风拂剥世事而渐离。游乐之极,忘乎日夕。纵心于物外,抛欲于涛程。却年长于不顾,回童趣于一瞬。

神传海上仙山，遥付神灵。五山缥缈，虚幻无形。仙人神屿，脑际浮存。岱舆员峤，北极遥沉。余座峙立，巨鳌叠轮。今越视野，龙伯焉侵？天帝因其窃钓，怒而隘其疆域，何不更恶而习良善？又何遗恶习传之今日乎？脑际三诘而无答，随起身而临舷。清风呼啸，飒然而至，敞襟贯袖，迷目蓬发。扑面醒神，清气和魂。此非宋玉所称王者之风乎？吾之庶夫，安得享之余者！少顷，云急腾涌，拍舷登甲。飘忽激荡，直冲艇颠。游具翻簸，乒乓相击。遮篷鼓忽，肱嘭欲飞。水手立出，固索缆篷。浪击花飞，直泼高舷。势如瓢雨，落汇成凼。避如犬窜，慢成鸡汤。心中暗请宋大夫，此则雄风乎？或雄雌之风相逐戏哉？

凡游趣之时，不可计也。五昼四夜，倏忽而逝。束装上岸，尤反顾而回味，海游之狂情，脑际频荡，漾之波及，归舍尚漪。在途所摄，千余片张，整理成册，成平生之念矣！

人生有梦，不懈总有成时。此行之激情赋之以记，一生之举也。

宠犬赋

　　有少妇独寓而居，分乎于公婆、父母。其夫乐业，无长顾之暇。妇悠闲无稽，以千资购一幼犬，珍之不释。出则怀抱，归而抚依；饲以肴醢，狎之亲昵。昼常梳抒，夜侍数溺。虑之以尽，宠之至极。

　　一日犬病，感染肺疾，多求兽医，不治亡兮。妇啼三日，不思饮食。强拭涌泪，裁制丧衣，亲为香浴，裹之入殓；钉木作棺，泪涕横流。葬于郊丘，积土成穸。

　　过数日，妇复资三千又买一犬，恃宠之情更胜于前。律以多餐，细嚼慢喂；餐前洗爪，溺后清臀。以学人之良习施之于犬物，致忘之为畜也。尤至夜间，抚之枕侧，与之同眠。每每与夫亲昵，犬目疑瞪，喉发"呼呼"之音，齿斗"格格"之声，夫越掇斥，犬越冲吠。如此数次，其夫悷焉。

　　一日，妇之父电告其母肺炎，咳而不止，呼吸受迫，责其同陪就医，妇回应曰："犬不离我。若抱而往，恐受感染，若置于舍，恐耗时长。"父怒曰："犬重于汝母焉？"遂挂电话。

　　又日，犬泻。妇电其夫速以车送犬就医，夫曰："吾母心梗急救，速来陪护。"妇曰："犬不离我，未陪吾母。汝母之病需护，吾犬之病亦需护，犬之怜状胜于老者之状。"夫大吼曰："宠犬优于尽孝焉？汝大病矣!"遂挂。

或曰:"人者,万物之灵也。宠物者,畜也。人之驯化而后成为宠者也。万灵之人,曾孕育于父母,必存孝行。焉能以宠畜物之心而背忤孝道?夫千资之犬,可三千再易,然人之父母可以再易乎?夫人之驯畜,使之乖化,而不能人化。焉有人之良性反被畜化之理?"妇之夫斥之"大病矣"非虚也!

鹎不识善

学海舟人公于舍之露台务蔬,鸟常喙而公不驱。

一日,公临而务,鹎惊而乱向,入室。公敞门欲放。鹎冲璃光而不懈,数次昏坠。公怜以盒饲。苏,拒食复腾,遂放野。

隔日,公复之台务,惊现鹎群嘈嘈,毁蔬零乱,鸟粪遍布,公聊约数,地集百多溺便,蔬叶,蔓架犹盛,难计其多。

公忖,鹎不识善,然何以率众而溺,且毁凌蔬?不识善为,何以恶行?遂语与客。

议曰:"鹎,禽也。日翔之于野,夜栖之于木。交而发声,饥而用喙。察蛇狸而惊叫,见鹰鹗而窜避。唯惕性之忄术忄术,终觅习之危危。若有食而鸣群,见动影而疾飞。公之抚之,爱之所为。鹎之殃仇,其性所累。况以污台坏蔬而为最,不足以究虑也。"

公曰:然。爱之所为,不求所得;鹎不识善,不计所失。本是君子之度也,宽之遥遥,不究其咎,是舜之君风之于象之恶也。

痰吐先生

黄卿在企业为工,粗略数字,为人豪直好友,常交于儒丁之间

一日,儒者议曰:"某生年少精干,勤问好学,且谈吐清楚,善达其意。"卿闻赞语,退而默思:"痰吐即吐痰,清楚即干脆利落,并能达义。"于是,专练痰吐许久,唯使利落,遂成惯艺。每每鼻腔捏吸,似发鼾声,又嗓底吭咳,团痰撮口,顺气而出,竟落五米开外,彼暗喜成矣。每于众聚人广之处即演其技。

其时,有学生入厂学工,上司请其授兢业之道,卿欣然登台。见其略清嗓音,一口痰团飞出五六米之远,众生呈先愕后恢之状。继曰:"做人要讲义,无义怎做人,做讲义之人,义先如我久习痰吐,干脆利落的人才能达义,汝等观之,此之精干一吐能不达义乎?"众生愕然窃笑,遂以"痰吐先生"呼之。

儒者知而语曰:"彼卿谬音释义,用勤痰吐。世间曲误佳词,谬释真义者,唯痰吐先生之类也!"

漠域刳屐

往日，一善屐者，匠以多种屐履，尤以木屐为巧。每成批则担售，常询请适足之状而纠之。故买者众，收颇丰。

一少者求，收之为徒。越年，少技匠进。以为师艺尽学，暗已学成矣！遂辞而归。自制屐而担销，数次客淡。少忖："师技穷矣，吾何不刳纹屐上，异师而售？"遂购得刳镂之具，并于市间偶闻"漠人多行赤足，不知有屐者也！"少归刳屐，花样多种，成批而筐之，至漠域而售。

有月，少烂衫而返，求于师曰："吾刻意纹花，美于师之屐，而众不识何也？"师曰："屐者，护足之用也，以适足为首要。世有'鞋不论分'之说，所言人之足有长短、肥瘦、形状之别也，岂能以纹美代适用而制之？另漠人不履，是履不便行，况屐无侧帮，沙弥入屐，纹之利何？是以漠域刳屐而舍客众之舒适，是小技之与大愚也。"

克顽止痞

有名曰六子者性玩而顽，乐于野荡，唯忌校学。在校七年，勉成初小。然攀树掏巢、下河混搅，逐鸡杖狗，卧陵鬼叫为惯习。四邻厌恐，忌避不及。或曰："今之周三害也。"

六子父母皆出无讯，不知其处。六子每有衅事，村委欲寻监教而难觅其踪。某年某日，邻长带其入城做工，其嫌建筑搬运负重累人；继入修车厂，钻槽沟、爬车底，油污满身，怨脏别去；再为保安，立警守门，晨七晚八不得自由，又去。月余求聘不果，遂反。途中见运猪大车，辆辆满载，心乃一亮，忖之："一头值千，满车数万？"始求村委，借资养猪。村委资之，初好兴趣，继而生厌。再央饲鸭，又烦。养兔又废，皆半途弃舍，无一终者。有邻责之曰："汝打工不成，从饲又不成，赊款多矣，如此奈何？"曰："天不成我，吾之奈何！"

村委议曰："六者，父母弃之而去，无教也。现多废于半途，在于缺乏技艺，又缺自信及意志。虽半废，然较前有进。现需助之成事，不以一事未成论之，更不以周三害喻之。方闪之光暂灭，可助之复燃而炬也"遂助资与池养殖鳖鱼，三年而成。上级知，曰："善。如六者，不教不从业则痞，改痞性则难，众人皆如助六者，方能克顽止痞，则天下桁枷少用，囹圄草生矣！"

抱痛转愤

卢者性急好风。驴友组团出游,卢常随之。然卢瞀目,行不易急。

一次,列行办理入住,卢因汗雾,擦拭镜片,后者促行,急低头提包,不期前有一通顶大柱,卢"砰"一声撞柱后倒,众急扶起,额起一包。入房,欲洗摘镜,低头掬水,"砰"触龙头。疼痛难忍,遂抱首归铺,又"砰"浴门玻璃,一额三碰,头晕目眩,骚怨甚大。

半月之旅结束,卢额瘤疼痛尚余。驴友聚评景区优胜及宿处服务之状。卢聆前论之茫茫,未显兴趣。然评服务之状况,其愤曰:"某馆最差。应拆其柱,易之门,卸之阀。"

驴友曰:"汝之不慎,一额三碰,安怨物哉?由痛生怨,由怨转怒,怒转于物,借物泄愤,是因己之触痛,转怒而乱规则,以己之情绪化而忽法章之存在,如若以一己之不利则怨物尤人,是不应为提倡也。"众皆然,卢默。

微行鉴心

李某与杨某、柳某为某中专同窗，同下某企业实践。

一次，三人随师傅到岗干活。李某内急入厕，未备手纸，央杨柳未果，急中嘱杨寻代物送递，乃去。杨、柳将手头活急速干完便顺手抓起包装类纸送至厕中，李甚不满，怨其不友。杨欲辩释，不听，显已生隙。

隔日，李趁打开水时将巴豆放入水内，当日天热，多汗口渴，李殷勤服务，不多时，杨、柳腹痛急厕，亦无备纸，李主动允送。估若痾毕，李将早已备好的红、绿复写蜡纸分递给杨、柳，转身出厕，至众生中编传红屁股、绿屁股之故事。杨与柳见纸滑而复色，不宜洁身，但亦无奈。出见众生笑谑，羞而莫辩。

两人寻李，责之不善，李则反唇："你们损我，我何不能？你们杨红柳绿，是前无古人啊！"众皆哄笑。

两人明白，李之报复，真立竿见影。心计之诡深，玄机之莫感，实不可交。遂行管宁割席之举。

心语寄情
——段双福诗集

现代诗篇

挺脊梁

说起挺脊梁,
有人一挺胸,显得很简单。
殊不知　有一柱脊梁
挺得颇为艰难——
头盔上栽了许多洞眼,
带血的铠甲多处透着风凉,
手持的断棍,
就是战场上拼杀的长枪。

为了民族的永生,
一代又一代,前赴后继,
义无反顾,勇往直前。
边塞烽火,海盗侵疆,
西洋火器,东洋坚船,
妄图霸占我们生存的家园。

敌人的淫威沉重,
压迫着我们受损的腰杆。

然而历史上
花木兰,杨家将,

岳家军,文天祥,
不朽的民族气节光照汗青,
是永远激励后人的榜样。
拿起大刀长矛,守住祖国河山,
殊死战斗,浩气凛然,
雄狮猛醒,注视寰宇,
大声一吼,使觊觎者胆寒。

一部部文明史,
英雄光辉亮闪闪,
我们中华民族昂首阔胸,
挺起了脊梁!
人民生生不息
大国泱泱!
凭着我们的赤诚,
朋友遍及全球各大洲洋。
数千年文明基石
何人能撼?

新的世纪业已开端,
将要续写新的文明史。
我们奋勇主担,
创新!创新!

推动历史车轮向前!
永远向前!
——这就是中华民族
挺起的脊梁!

梦

梦,是一团朝阳,
在远空中不断变幻,
能直接感得到,
直达周身的,
温暖。

梦,是一片彩霞,
是看得见,
五彩缤纷,瞬变图腾,
在天空飘动的,
美丽意念。

梦,是一道彩虹,
把不能牵连两域,
的愿望连通,
是能到达希望彼处的,
理想。

人人都有,
丰富多彩的梦。
夜梦香甜而漫长,

天亮了，**静静地**回味着，狂想着，
然后，**动脑**勾勒着，描出最美的蓝图，
绘成最理想的圣境图样。
为了梦，使之成真，
决定奋斗，
把自己炼成，
坚韧的斗士，
耐劳的勇士，
能抗拒任何困难的坚强战士。

好梦，
是大众的梦，
是先天下之忧而忧，
后天下之乐而乐的梦；
是得广厦，
庇寒士之梦；
是为了国家的，
繁荣与富强之梦；
——是为了人民的，
安康与福祉之梦。

也有噩梦，
当清朝与侵略者签订，

《南京条约》《天津条约》《马关条约》，
那刻，
人们的梦都是噩梦，
是穷梦，
是被奴役的梦；
只有，
当我们成醒狮大吼的时候，
——把我们的血肉，
筑成新的长城，
只有，
我们团结一心，
赶走侵略者的时候；
只有，
官清民勤，
形成一个核心、一个目标，
一个方向、一种综合的力量的时候；
这样的美梦，
一定能成真，
这就是中国梦。

呼喊

月亮还在天上挂,
星星留恋着村头树杈,
田野里蒙着薄薄轻纱,
花儿含着泪水,
深深地把头低下。

天哥,你向往城市的繁华,
梦幻里充满高楼大厦,
霓虹灯,美得使人陶醉。
可那,不是为你铺就的鲜花,
回头吧!
归来吧!
有志人胸中的天地弥大,
智慧和勤劳揉在一起,
融成汗水在原野上挥洒。
把你我的爱情嫩苗在田野里缀插,
免税新政和按亩补贴的,
"三农"新策一出,
亿万农民奔小康。

天哥,回来吧!

农也是天大的事业,
十八亿亩,这天大的数字,
我们不能放下。
荒芜了农田,
稗草弥漫你浪迹的心涯。
丢了丰收,
世人会把我们低瞧矮化。

天哥,记得吧?
你说粮仓是农人的自尊,
先人把我们洒落在这里;
山和水是美丽的天置篱笆,
要在我们这辈,
实现农业现代化。

是啊!农人的担当在田野,
在这里我们把根扎下。
爱的种子会发出新芽,
衍漫你我的人生,
我们共同守护这一永恒的家。

问号

大自然孕成无穷的问号,
从小子到大,
排列得像一条无尽的通道。
从生下来就开始回答和思考,
一真到老。
解了一个又一个难题,
可又总被新问题套牢。
屈子《天问》问了一百七十条,
《十万个为什么》回答了十万道,
可谁能算出这是几分之几,
问题还有多少。

宇宙浩浩,
人智渺渺,
问号像天上的长河,
永远流淌。
没有尽头,也不会枯竭掉,
而且越往后,问题越深奥。

人生就是为解答问题而探索,
又总为难题的解决而振奋而自豪。

不停地揭秘,以观其妙;
不断地深探,以究其徼,
有志人惯拎冲锋号,创新!创造!
发明创造是人类文明进步的向标,
达到新的高程,
再从这里起跑。
没有禁止,
直到天荒地老。

往事

往事，
在月光下摇曳。
像散落在水面的星星，
在涟漪中荡动。

时光，
像佛珠的穿线，
把散落的事件节点串联，
不会忽略任何遗片。

人生的一路，
有多少值得回顾的往事。
有窠臼一样的深痕，
也有放铳一样的声响，
但多数是，
选不上大用的菩提小籽。

多想，
像浮屠顶角上的风铃，
不管什么风向，
都发出吉祥福音。

传给八方四面,
让那所有结缘的人,
都能受听心安。

往事,
有时会翻起大波,
在空中无序地争风高翔。
企望自主,不要禁藩。
倏忽间,破得像皂泡,
留下仅一点梦"忆"和"念"。

有时也会沉淀,
像沉重的石头。
轻硬不受,
冷热不享,
雨雪无痕,
只有岁月,
将它锉生皱纹,
留在世间。